KB043908

2019년 4월 25일 초판 1쇄

글 미야자와 겐지
옮긴이 김미숙 이은숙
펴낸곳 하다
펴낸이 전미정
책임편집 최효준
교정·교열 황진아
디자인 편집 정진영 정윤혜
출판등록 2009년 12월 3일 제301-2009-230호
주소 서울 중구 퇴계로 182 가락회관 6층
전화 02-2275-5326
팩스 02-2275-5327
이메일 go5326@naver.com
홈페이지 www.npplus.co.kr
ISBN 978-89-97170-47-0 03830

정가 14,000원

미야자와 겐지 단편선

영혼을 깨우는 이야기

미야자와 겐지 저

김미숙 이은숙 역

미야자와 겐지

宮沢賢治, 1896~1933

일본의 동화작가, 시인이자 교육자였다. 1896년 이와테현에서 태어났다. 1921년 농업학교 교사로 채용되었고 이때부터 동화 집필에 열중하여 1924년 『주문이 많은 요리점(注文の多い料理店)』을 발표했다.

1926년 농민들의 삶에 아픔을 느껴 교사를 그만두고 농경생활을 시작하여 농업 강의, 벼농사 지도, 배료 개발 등의 활동을 했다. 뿐만 아니라 농민들에게 예술의 중요성을 강조하며 자신의 집에서 동화나 레코드 감상회를 열기도 했다. 열심이었던 농경생활 중에도 왕성한 창작 활동을 펼쳐 100여 편의 동화, 400여 편의 시를 남기고 급성 폐렴으로 1933년 37세의 젊은 나이로 사망했다.

그의 작품은 사후에 인문주의와 평화주의적 측면으로 점차 주목을 받아 널리 알려지고 높이 평가되어 미야자와 겐지를 국민 작가 반열에 올려놓았다. 그의 동화에는 세계주의적인 분위기가 감돌며

의성어가 많이 사용된다. 작품에 따라 운문에 가까운 리듬감을 지니는 것도 그의 작품의 특징 중 하나이다. 여기에 자연과의 교감 능력에 따른 묘사는 작품에 개성적인 매력을 더한다.

대표작으로 『은하철도의 밤』, 『바람의 아들 마타사부로』, 『주문이 많은 요리점』, 『첼리스트 고슈』가 있다. 『은하철도의 밤』은 훗날 애니메이션 〈은하철도 999〉의 모티브가 되었다.

차례

은하철도의 밤

이은숙 역

오후 수업

"자, 여러분, 이 부분을 강이라고도 하고 우유가 흐른 자국이라고도 하죠? 이 희끄무레한 부분이 실제로는 무언지 알고 있나요?"

선생님은 칠판에 매단 커다랗고 까만 별자리 그림판에 그려진, 위에서 아래로 희뿌옇게 은하의 띠처럼 보이는 부분을 가리키며 모두에게 질문했습니다.

캄파넬라가 손을 들었습니다. 이어서 네댓 명이 손을 들었습니다. 조반니도 손을 들려다가 그만 내리고 말았습니다. 조반니는 분명 그게 전부 별들이라는 것을 언젠가 잡지에서 보긴 했습니다. 하지만 요즘 들어 날마다 교실에서도 졸리기만 하고 책을 볼 틈도 없고 읽을 책도 없다 보니 어쩐지 잘 모르겠다는 기분이 들었습니다.

그런데 선생님은 이미 알아챘습니다.

"조반니, 너는 알고 있지?"

조반니는 얼떨결에 벌떡 일어섰습니다. 막상 일어서고 보니 제대로 대답을 할 수 없었습니다. 자넬리가 앞자리에서 조반니를 뒤돌아보고는 쿡쿡 웃었습니다. 조반니는 어찌할 바를 몰라 얼굴이 새빨개졌습니다. 선생님이 다시 물었습니다.

"커다란 망원경으로 은하를 자세히 들여다보면, 과연 은하란 무엇일까요?"

조반니는 틀림없이 별이라고 생각했지만, 이번에도 역시 대답을 못했습니다.

선생님은 잠시 난감해 하다가 캄파넬라 쪽으로 눈길을 돌리며 이름을 불렀습니다.

"자, 그럼 캄파넬라가 대답해 볼까?"

그러자 그렇게나 힘차게 손을 들었던 캄파넬라도 머뭇거리며 일어서더니 대답하지 못했습니다.

선생님은 뜻밖이라는 듯 잠시 캄파넬라를 물끄러미 바라보다가는 곧바로 "그럼, 할 수 없지." 하고는 손으로 별자리 그림판을 가리켰습니다.

"이 희끄무레한 은하를 큰 망원경으로 보면, 수없이 작은 별들이 모여 있는 게 보여요. 조반니, 그렇지?"

얼굴이 홍당무가 된 조반니는 고개를 끄덕였습니다.

어느새 조반니의 눈에는 눈물이 가득 고였습니다.

'그래, 나는 알고 있었어. 물론 캄파넬라도 알고 있지. 그건 아버지가 박사인 캄파넬라 집에서 언젠가 캄파넬라와 같이 읽은 잡지에 나와 있었어. 그뿐만 아니라 캄파넬라는 그 잡지를 읽자마자 아버지 서재에서 큰 책을 갖고 나와서 은하라는 부분을 펼쳤었지. 우리 둘은 새카만 페이지에 하얀 점들이 가득 그려져 있는 신비한 사진 속으로 한없이 빠져들었어. 그걸 캄파넬라가 잊었을 리가 없는데 바로 대답을 못한 거야. 그건 요즘 내가 아침이고 낮이고 일하느라 힘들고, 학교에 와서도 친구들과 신나게 못 놀고, 캄파넬라와도 얘기를 별로 못 했어. 캄파넬라가 그걸 안타까워해서 일부러 대답을 안 한 거야.'

그런 생각이 들자 자신과 캄파넬라가 한없이 안쓰럽게 느껴졌습니다.

선생님이 다시 말했습니다.

"그러니까 우리가 만약 하늘 강을 실제 강이라고 가정해 봐요. 이 하나하나의 작은 별들은 모두 강바닥의 모래나 자갈 알갱이에 해당하겠지요. 또 이것을 우유가 흐르는 커다란 강이라고 상상해 보면 하늘 강과 좀 더 비슷해요. 즉 이 별들은 모두 우유 속에 떠 있는 조그만 지방 알갱이들에 해당하는 것이지요. 그렇다면 강물에 해당하는 게 뭘까요? 그건 빛을 어떤 속도로 전해 주는, 공기가 없는 진공 상태를 말해요. 태양과 지구도 역시 그 진공 속에 떠 있는 거죠. 즉 우리도 하늘 강 물속에서 살아가고 있는 셈이죠. 그리고 물이 깊을수록 검푸르게 보이는 것처럼, 하늘 강 물속에서 사방을 보면 가장 깊고 먼 곳일수록 별이 잔뜩 모여 있는 것처럼 보이니까 더 희뿌옇게 보여요. 자, 이 모형을 보세요."

선생님은 반짝이는 모래 알갱이가 잔뜩 들어 있는 커다란 양면 볼록렌즈를 가리켰습니다.

"하늘 강 모양은 바로 이렇죠. 렌즈 속의 빛나는 알갱이 하나하나가 모두 태양처럼 스스로 빛나고 있는 별들인 거예요. 태양이 렌즈 중간쯤에 있고 지구가 바로 이 근처에 있다고 쳐요. 여러분이 밤에 이 렌즈 한가운데 서서 이 렌즈 속을 들여다본다고 생각해 봐요. 이쪽은 렌즈가 얇아서 작게 빛나는 알갱이, 즉 별의 숫자가 조금밖에 안 보이죠. 하지만 이쪽은 렌즈가 두꺼워서 별이라 할 수 있는 빛나는 알갱이들이 많이 보여요. 멀리 있는 별은 희미하고 부옇게 보이죠. 이게 오늘날 우리가 말하는 은하에 대한 설명이에요. 그러면 이 렌즈의 크기가 어느 정도인지 또 이 안의 가지각색의 별들에 대해서는 다음 과학 시간에 설명하기로 하죠. 마침 오늘이 은하수 축제의 날이니 모두 밖에 나가서 하늘을 잘 관찰해 봐요. 그럼 오늘 수업은 여기까지! 책과 노트 챙기세요."

교실 안은 책상 뚜껑을 여닫거나 책 덮는 소리로 잠시 시끌벅적했습니다. 그러나 금세 모두 바른 자세로 서서 인사를 하고 교실 밖으로 나왔습니다.

활판 인쇄소

조반니가 학교 문을 나설 때였습니다. 반 친구 일고여덟 명이 집으로 가지 않고 캄파넬라를 둘러싸고 교정 구석의 벗나무 밑에 모여 있었습니다. 아마 오늘 밤 은하수 축제 때 푸른 등을 강물에 띄우는 데 쓸 쥐참외를 따러 가자는 이야기를 하는 것 같았습니다.

조반니는 일부러 팔을 힘차게 흔들며 성큼성큼 학교 문을 나왔습니다. 밖으로 나오자, 마을에서는 집집마다 주목 나뭇잎으로 만든 공을 매달거나 노송나무 가지에 등불을 달며, 오늘 밤 은하 축제를 위해 여러 가지를 준비하고 있었습니다.

조반니는 집으로 가지 않고 모퉁이를 세 번 돌아 커다란 인쇄소로 들어갔습니다. 가자마자 입구 계산대에 있는 희고 헐렁한 셔츠를 입은 사람에게 인사를 했습니다. 그리고 신발을 벗고 올라가서 복도 끝에 있는 큰 문을 열었습니다. 낮인데도 그 안에는 전등이 켜져 있고 많은 윤전기가 철커덕철커덕 돌고 있었습니다. 안에서는 헝겊으로 머리를 묶거나 전등갓 모양의 모자를 쓴 사람들이 노래하듯 웅얼거리면서 무언가를 세며 열심히 일하고 있었습니다.

조반니는 입구에서 세 번째, 높은 탁자에 앉아 있는 사람에게로 곧장 가서 인사를 했습니다. 그 사람은 잠시 선반에서 무언가 찾더니 종이쪽지 하나를 건네며 물었습니다.

"이만큼은 맞출 수 있겠지?"

조반니는 그 사람이 앉아 있는 탁자 밑에서 작고 납작한 조판 상자 하나를 꺼냈습니다. 그리곤 건너편의 전등이 많이 켜져 있고 활자로 가득 채워져 벽에 비스듬히 세워진 활자 보관대 한쪽으로 갔습니다. 거기에 쭈그려 앉아 작은 핀셋으로 좁쌀 같은 활자를 차례차례 집어 맞춰 가기 시작했습니다. 푸른 앞치마를 두른 사람이 조반니 뒤를 지나가며 인사했습니다.

"확대경 꼬맹이! 왔니?"

그러자 근처에 있던 네댓 명은 눈길도 안 주고 말없이 냉소를 지었습니다.

조반니는 눈을 수없이 비벼가며 활자를 맞추어 갔습니다.

여섯 시를 알리는 종이 울렸습니다. 조반니는 활자로 빼곡하게 맞춰진 납작한 조판 상자와 종이쪽지를 손에 들고 한 번 더 대조해 본 다음, 탁자에 앉아 있는 사람에게 갖고 갔습니다. 그 사람은 잠자코 그것을 받아 들더니 고개를 살짝 끄덕였습니다.

조반니는 인사를 한 뒤 문을 열고 입구의 계산대로 갔습니다. 그러자 아까 본 흰 셔츠 입은 사람이 말없이 작은 은화 한 개를 내주었습니다. 조반니는 금세 얼굴이 환해져 인사를 씩씩하게 한 뒤 계산대 밑에 두었던 가방을 갖고 밖으로 뛰어나왔습니다. 그러고는 힘차게 휘파람을 불며 빵집에 들러 빵 한 덩어리와 각설탕 한 봉지를 사서는 바람처럼 집을 향해 달려갔습니다.

집

조반니가 신나게 달려온 곳은 어느 뒷골목에 있는 작은 집이었습니다. 나란히 늘어선 세 개의 입구 중, 가장 왼쪽에 있는 입구의 상자에는 보라색 케일과 아스파라거스가 심겨 있고, 자그만 창문 두 곳엔 차양이 드리워져 있었습니다.

"엄마, 나 왔어. 오늘은 좀 어땠어?"

조반니가 신발을 벗으며 말했습니다.

"조반니 왔니. 힘들었지? 오늘은 선선해서 그런지 온종일 괜찮더구나."

조반니가 마루에 올라가 보니, 엄마는 바로 입구에 있는 방에서 하얀 천 조각을 덮은 채 누워 있었습니다. 조반니는 창문을 열었습니다.

"엄마, 오늘은 각설탕도 사 왔어. 엄마 우유에 넣어 주려고."

"기특하기도 해라. 아들 먼저 먹으렴. 난 아직 생각이 없구나."

"엄마, 누나는 언제 간 거야?"

"아마 세 시쯤 갔을걸. 집안일도 다 해놓고 말이야."

"엄마가 마실 우유는 아직 안 왔어?"

"안 온 것 같던데."

"그럼, 내가 가서 가져올게."

"아냐. 천천히 마셔도 돼. 얼른 아들 먼저 먹어. 누나가 토마토로 뭘 만들어 놓고 갔거든."

"야호, 맛있겠다."

조반니는 창문 쪽에서 토마토가 담긴 접시를 가져와 빵과 함께 우적거리며 뚝딱 먹어 치웠습니다.

"있잖아, 엄마. 내 생각엔 아빠가 머지않아 돌아올 것 같아."

"그러니? 나도 그런 생각이 들어. 그런데 아들은 왜 그런 생각이 들었니?"

"올해는 북쪽 바다에서 고기가 굉장히 잘 잡힌다고 오늘 아침 신문 기사에 나 있었어."

"그런데 말이야. 어쩌면 아빤 고기 잡으러 간 게 아닐지도 몰라."

"아니야. 틀림없이 고기를 잡으러 갔을 거야. 아빠가 감옥에 갈 만한 나쁜 일을 했을 리가 없어. 전에 아빠가 학교에 기증한 커다란 게 등딱지랑 순록 뿔 같은 것들이 지금도 다 표본실에 있어. 6학년 수업을 할 때는 선생님들이 번갈아… 교실로 들고 가신단 말이야."

"아빠가 다음번엔 너에게 해달로 만든 윗도리를 갖다 주신다고 했는데."

"모두가 나만 보면 그래. 꼭 놀림당하는 기분이야."

"우리 아들을 놀린다고?"

"응. 그렇지만 캄파넬라는 절대 안 그래. 걔는 다른 애들이 다 놀릴 때도 날 안쓰럽게 여겨."

"캄파넬라의 아빠와 네 아빠는 너희처럼 어릴 때부터 친구였대."

"그래선지 아빠가 나를 데리고 캄파넬라네 집에 갔었어.

그때가 좋았는데…. 내가 학교에서 집으로 오는 길에 캄파넬라 집에 자주 들렀었어. 캄파넬라 집에는 알코올램프로 달리는 열차가 있었거든. 레일 조각 일곱 개를 맞추면 둥그런 원이 되고 거기에 전신주와 신호등도 있었어. 신호등은 열차가 들어올 때만 파랗게 켜졌어. 한 번은 알코올이 떨어져서 석유를 넣었는데 기관차가 새카맣게 그을렸지 뭐야…."

"어머, 그랬었구나."

"요즘도 매일 아침 신문을 돌릴 때 캄파넬라 집에 가 보면, 갈 때마다 집 안이 늘 조용하기만 해."

"이른 시간이어서 그럴 거야."

"거기 '자우엘'이라는 개가 있거든. 꼬리가 꼭 빗자루 같아. 내가 가면 코를 킁킁거리며 따라와. 동네 모퉁이까지 따라올 때도 있고 더 멀리까지 올 때도 있어. 오늘 밤은 모두 강에 쥐참외등을 띄우러 간대. 분명 자우엘도 따라갈걸."

"아, 그렇구나. 오늘 밤은 은하 축제가 있는 날이지?"

"맞아, 엄마. 우유를 가지러 가는 길에 나도 보고 올게."

"다녀오렴. 강에는 들어가지 말고."

"강가에서 보기만 할게. 한 시간이면 돼."

"더 놀다 오렴. 캄파넬라와 같이 있으면 엄만 아무 걱정 안 하니까."

"알았어. 캄파넬라랑 꼭 붙어 있을게. 엄마, 창문은 닫고 갈까?"

"그게 좋겠네. 이젠 쌀쌀해졌으니까."

조반니는 일어나서 창문을 닫고 접시와 빵 봉지를 치우고 후다닥 신을 신고는 인사를 하고서 어둑해진 문을 나섰습니다.

"그럼 한 시간 반 안에 올게."

켄타우로스* 축제의 밤

조반니는 휘파람 불 때처럼 입을 쑥 내밀고 노송이 시커 멓게 늘어서 있는 마을 언덕을 내려갔습니다.

---

* 그리스 신화에 나오는 괴물로 상체는 사람이고 하체는 말인 반인반마(半人半馬)의 모습이다.

언덕 아래에는 커다란 가로등 하나가 푸르스름한 빛을 발하며 서 있었습니다. 가로등 쪽으로 가까이 내려갈수록, 지금껏 등 뒤에서 괴물처럼 따라왔던 길고 희미한 조반니의 그림자는 점점 까매지고 분명해졌습니다. 그러더니 발을 들기도 하고 손을 젓기도 하며 조반니 옆을 돌았습니다.

'나는 멋진 기관차! 여기는 내리막길이니까 빨라. 나는 지금 가로등을 막 지나고 있어! 그래, 이번에는 내 그림자가 컴퍼스야! 저렇게 빙 돌아서 앞쪽으로 왔다!'

조반니가 이렇게 신나서 성큼성큼 가로등 밑을 지나칠 때였습니다. 낮에 봤던 자넬리가 깃이 빳빳하게 선 새 셔츠를 입고, 가로등 건너편 어두운 골목길에서 나와 조반니를 획 지나쳐갔습니다.

조반니가 "자넬리, 쥐참외등 띄우러 갈 거니?" 하고 채 묻기도 전에 자넬리가 등 뒤에서 갑자기 놀리듯 쏘아붙였습니다.

"조반니는, 아버지가 해달로 만든 윗도리를 보낸다네."

조반니는 순간 가슴이 시리고 주변이 온통 '찡' 하고 얼어붙는 것처럼 느껴졌습니다.

"뭐야! 자넬리! 왜 놀리는 거야?"

조반니가 큰 소리로 되쏘았지만 자넬리는 이미 노송이 있는 집 안으로 들어가고 없었습니다.

'난 괴롭힌 적도 없는데 자넬리는 왜 저럴까? 달릴 때는 꼭 쥐새끼 같은 주제에. 난 아무 잘못도 안 했는데 왜 날 놀리는 걸까…. 자넬리, 저 바보!'

조반니는 머릿속으로 이런저런 복잡한 생각을 하며 알록달록한 전등과 나뭇가지로 예쁘게 꾸며진 거리를 지나갔습니다. 시계 가게 앞에는 밝은 네온등이 켜져 있습니다. 거기엔 돌로 만든 올빼미의 빨간 눈알이 일 초마다 뒤룩뒤룩 움직이고, 바다처럼 새파랗고 두꺼운 유리 쟁반에 놓인 보석들이 은하의 별처럼 천천히 돌고 있었습니다. 또 저쪽 편에서는 구리로 만든 켄타우로스가 천천히 돌고 있었습니다. 그 한가운데 둥글고 검은 별자리판이 파란 아스파라거스 잎으로 장식되어 있었습니다.

조반니는 자기도 모르게 넋을 잃고 그 별자리판에 빠져들었습니다.

그건 낮에 학교에서 본 별자리판보다 훨씬 작았습니다.

그런데 날짜와 시간에 맞추어 판을 돌리면 그 날짜와 그 시간에 맞는 밤하늘 별자리가 타원형 속에 돌아가며 나타나는 것이었습니다. 그 가운데는 위에서 아래에 걸쳐 은하가 뿌옇게 띠 모양으로 있고 그 아래쪽은 폭발하여 수증기가 피어오르듯 희미하게 보였습니다. 또 그 뒤에는 삼각대가 달린 작은 망원경이 노랗게 빛나며 서 있고, 가장 뒤쪽 벽에는 하늘의 별자리에 해당하는 신기한 짐승과 뱀, 물고기와 병 모양들이 그려진 커다란 별자리 그림이 걸려 있었습니다.

'아, 이런 전갈과 용사라는 것들이 정말로 하늘에 가득 차 있는 걸까? 그곳을 한없이 걸어가 보았으면…'

그런 상상을 하며 잠시 우두커니 서 있었습니다.

조반니는 문득 엄마에게 갖다 줄 우유가 생각나 시계 가게 앞을 떠났습니다. 윗도리가 작아 어깨가 끼는 게 신경 쓰였습니다. 조반니는 일부러 가슴을 펴고 팔을 휘휘 저으며 마을을 지나갔습니다.

맑디맑고 투명한 공기가 거리와 가게 사이를 마치 물처럼 흘렀습니다. 가로등은 모두 새파란 전나무와 참나무 가지들로 둘러싸여 있었습니다. 전기회사 앞에 있는 플라타너스

여섯 그루에는 수많은 꼬마전구가 켜져 있는데 그 부근이 마치 인어가 사는 도시처럼 보였습니다. 아이들은 모두 새 옷을 입고 '별 순례 노래'를 휘파람으로 불기도 하고, '켄타우로스 이슬을 내려줘!' 하고 소리치며 달리기도 하고, 푸른 마그네슘 폭죽을 터트리기도 하며 즐겁게 놀고 있었습니다. 그러나 조반니는 어느새 또 고개를 푹 떨군 채 들뜬 분위기와는 사뭇 다른 생각을 하면서 서둘러 우유 가게로 향했습니다.

어느덧 조반니는 마을에서 좀 떨어진 곳에 수없이 많은 포플러가, 별이 총총한 밤하늘에 떠 있는 것 같은 곳에 다다랐습니다. 조반니는 우유 가게의 검은 문으로 들어가 외양간 냄새가 나는 어둑한 부엌 앞에 서서 모자를 벗고 인사를 했습니다.

"안녕하세요?"

집 안은 너무나 조용해 아무도 없는 것 같았습니다.

"계세요? 아무도 안 계세요?"

조반니는 똑바로 선 채 다시 외쳤습니다. 그러자 잠시 후에 나이든 할머니가 어디 몸이 안 좋은지 느릿느릿 나오시더니 무슨 일이냐고 중얼거리듯 말했습니다.

"오늘 우리 집에 우유 배달이 안 와서 받으러 왔어요!"

조반니는 큰소리로 씩씩하게 말했습니다.

"지금은 아무도 없어서 모르겠으니 내일 다시 오렴."

할머니가 벌건 눈가를 비비며 조반니를 내려다보고 말했습니다.

"엄마가 아파서 오늘 밤에 꼭 가져가야만 해요."

"그럼, 좀 있다가 다시 와 보렴."

할머니는 벌써 들어가려고 했습니다.

"네, 그럼 이따 다시 올게요."

조반니는 인사를 하고 부엌에서 나왔습니다.

마을 사거리의 모퉁이를 돌려고 할 때였습니다. 건너편 다리로 가는 길 쪽의 잡화점 앞에서 검은 그림자와 하얀 셔츠가 희미하게 뒤섞여, 학생들 예닐곱 명이 휘파람을 불거나 깔깔대면서 저마다 쥐참외등불을 들고 걸어오는 게 보였습니다. 그 웃음소리와 휘파람 소리는 모두 귀에 익은 소리였습니다. 조반니의 반 친구들이었던 것입니다. 조반니는 그만 움찔해서 뒤돌아가려다 마음을 고쳐먹고 더 씩씩하게 그쪽으로 걸어갔습니다.

"강에 가는 거니?"

조반니가 이렇게 말을 걸려고 했으나 울컥 목이 메어 말이 제대로 안 나왔습니다.

"조반니에게 해달 윗도리가 온다네!"

자넬리가 아까처럼 또 소리쳤습니다.

"조반니에게 해달 윗도리가 온다네!"

금세 모두 따라 외쳤습니다. 조반니는 창피함에 얼굴이 화끈 달아올랐습니다. 어떻게 걷는지도 모른 채 그저 빨리 지나가려고 했습니다. 그런데 그중에 캄파넬라가 있었습니다. 캄파넬라는 안됐다는 듯 말없이 엷게 웃으며 '화났겠구나' 하는 눈길로 조반니 쪽을 보았습니다.

조반니는 도망치듯 캄파넬라의 눈을 피했고 키가 큰 캄파넬라가 지나쳐갔습니다. 곧이어 아이들은 저마다 휘파람을 불어댔습니다. 모퉁이를 돌아설 때 뒤를 돌아보자 자넬리도 뒤돌아보고 있었습니다. 캄파넬라도 크게 휘파람을 불며 희미하게 보이는 다리 쪽으로 걸어가 버렸습니다. 조반니는 이루 말할 수 없이 외로워졌습니다. 그래서 정신없이 내달리기 시작했습니다. 그러자 귀에 손을 대고 '와와' 소리치며 한

발로 깡충깡충 뛰어놀던 꼬마들은 조반니가 즐거워서 달리는 줄로 알고 '와' 하고 소리쳤습니다. 조반니는 어두운 언덕을 향하여 서둘러 갔습니다.

천기륜*의 기둥

목장 뒤에 완만한 언덕이 있었습니다. 어둡고 평평한 언덕의 정상은 북쪽 큰곰 별자리 아래로 평소보다 나지막하게 늘어서서 희미하게 보였습니다.

조반니는 이슬이 내리기 시작한 작은 숲길을 따라 쉬지 않고 계속 올라갔습니다. 어두워져 시커멓게 보이는 풀들과 여러 형상으로 보이는 어두운 덤불 사이를, 오솔길이 한 줄기 밝은 별빛을 받아 빛나고 있었습니다. 풀 속에는 작은 곤충들이 파란 불빛을 반짝이고 있었습니다. 어떤 잎은 파랗게

---

* 천기륜은 불교의 탑으로 기도하는 곳이라는 설과 천문과 관련 있는 기둥으로 손으로 돌릴 수 있는 바퀴 같은 장치가 달렸다는 다양한 설이 있으나 정설은 없다.

속이 비쳐 보이는 것이 마치 좀 전에 모두가 들고 있던 쥐참
외등처럼 보였습니다.

컴컴한 소나무와 참나무 숲을 올라가자 갑자기 하늘이
뻥 뚫렸습니다. 하늘 강이 희끄무레하게 남쪽에서 북쪽으로
이어져 흐르는 모습이 보이고, 정상에 있는 천기륜 기둥도
보였습니다. 주변은 온통 초롱꽃인지 들국화인지 모를 꽃들
이 마치 꿈속에서 향기를 발산하듯 한가득 피어 있고, 그 언
덕 위를 새 한 마리가 울면서 날아갔습니다.

정상에 올라온 조반니는 천기륜 기둥 아래에 이르자 몹
시 후끈거리는 몸을 차가운 풀밭에 내던졌습니다.

마을의 등불은 어둠 속 마을을 마치 용궁처럼 밝히고 있
었습니다. 아이들의 노랫소리와 휘파람 소리, 간간이 외치는
소리가 희미하게 들려왔습니다. 멀리서 바람 소리가 들리고,
언덕의 풀은 살랑대고 땀에 젖은 조반니의 셔츠는 차갑게 식
었습니다. 조반니는 마을 끝자락에서 아득하고 검게 펼쳐진
들판을 멀리 바라보았습니다.

그곳에서 열차 소리가 들려왔습니다. 나란히 줄지어 나
있는 작은 열차의 창들이 조그맣고 붉게 보였습니다. 그 열

차 안에서 여행객들이 사과를 깎기도 하고 웃으면서 재미있게 지내고 있을 생각을 하자, 조반니는 왠지 말할 수 없는 슬픔이 밀려와 다시 하늘을 쳐다보았습니다.

'아아, 저 하늘에 있는 하얀 띠가 다 별이라고 하셨지.'

그러나 아무리 보아도 하늘은 낮에 선생님이 말씀하신 것처럼 텅 비고 차가운 곳 같지는 않았습니다. 오히려 볼수록 그곳은 아담한 숲이나 목장이 있는 들판 같았습니다. 그러다 조반니는 푸른 거문고 별자리가 반짝반짝 깜빡이며 셋으로 보였다 넷으로 보이기도 하고, 별이 다리를 내밀다 오므리다 버섯처럼 길게 늘어나는 것을 보았습니다. 또 바로 눈 아래 보이는 마을마저도 희뿌연 별무리인 듯, 커다란 연기인 듯 보이는 것 같았습니다.

은하 스테이션

조반니는 바로 뒤의 천기륜 기둥이 어느새 깜박깜박 삼각표 모양으로 반딧불처럼 꺼졌다 켜졌다 하는 것을 보았습니다. 그 모습은 점점 분명해지고, 마침내 움직이지 않더니 짙은 스틸블루색 하늘 들판에 선명하게 자리 잡았습니다. 마치 갓 만든 푸른 강철판 같은 하늘 들판에 산뜻하게 박히는 것이었습니다.

어디선가 '은하 스테이션, 은하 스테이션' 하는 신비한 소리가 들린다 싶었는데 갑자기 눈앞이 확 밝아졌습니다. 마치 억만 마리의 불똥 꼴뚜기의 불빛을 한꺼번에 화석으로 만들어 하늘에 박아 놓은 듯, 혹은 다이아몬드 회사에서 가격을 내리는 것을 막으려고 일부러 나오지 않는 척 숨겨두었는데, 누군가가 그 다이아몬드를 갑자기 뒤엎어 쏟아버린 듯 눈앞이 갑자기 밝아져 조반니는 자기도 모르게 자꾸만 눈을 비볐습니다.

그리고 보니 아까부터 덜컹덜컹 덜컹덜컹 작은 열차가 조반니를 태우고 달리고 있는 것이었습니다. 아, 놀랍게도 정말 조반니는 작고 노란 전등이 줄지어 달린 작은 야간협궤열차 안에서 창밖을 내다보며 앉아 있었습니다. 열차 안은 푸른 벨벳이 덮인 좌석들이 텅 비어 있고 회색 니스를 칠한 벽에는 놋쇠로 된 큰 단추 두 개가 빛나고 있었습니다.

바로 앞자리에서는 물에 젖은 듯한 새까만 윗옷을 입은 키 큰 아이가 창밖으로 얼굴을 내밀고 밖을 보고 있는 게 눈에 들어왔습니다. 그리고 그 아이 어깨 언저리가 아무래도 낯익게 느껴져 누군지 알고 싶어 참을 수가 없었습니다. 조반니도 창밖으로 얼굴을 확 내밀려 하자 갑자기 그 애가 내민 머리를 창 안으로 거둬들이고는 조반니 쪽을 바라보았습니다.

그 아이는 캄파넬라였습니다.

조반니가 "캄파넬라, 너 아까부터 여기에 있었어?" 하고 물으려고 하자 캄파넬라가 말했습니다.

"모두가 열심히 노력했지만 늦어버렸어. 자넬리도 열심히 뛰어왔지만 못 쫓아왔어."

조반니는 '그렇지. 우리는 지금 함께 가자고 해서 밖에 나와 있는 거지'라고 생각하면서 물어보았습니다.

"그럼, 우리 어디서 기다려 볼까?"

"자넬리는 이미 집에 갔어. 아버지가 데리러 오셨지."

그렇게 말하는 캄파넬라는 왠지 얼굴색이 좀 창백하고 어딘지 괴로운 듯 보였습니다. 그러자 조반니도 왠지 어딘가에 무엇을 두고 온 듯한 이상한 기분이 들어 입을 다물어 버렸습니다.

캄파넬라는 창밖을 내다보다 어느새 완전히 생생해진 모습으로 씩씩하게 말했습니다.

"아아, 큰일 났다! 물통을 놓고 와 버렸어. 스케치북도. 하지만 괜찮아. 이제 곧 백조의 정거장이니까. 난 백조를 보는 게 정말 좋더라. 강 멀리서 날고 있어도 난 잘 볼 수 있을 거야."

그러면서 캄파넬라는 둥근 판처럼 생긴 지도를 자꾸 빙글빙글 돌리며 보고 있었습니다. 그 둥근 판 가운데 하얗게 보이는 하늘 강 왼쪽 기슭을 따라 한 줄의 기찻길이 남으로 남으로 뻗어 있었습니다. 그 지도가 특이한 것은 밤처럼 새까만 판 위에 열 한 개의 정거장과 삼각표 그리고 샘과 숲이 파랑, 오렌지, 초록의 영롱한 빛으로 박혀 있기 때문입니다. 조반니는 어쩐지 그 지도를 어디선가 본 것 같았습니다.

"이 지도는 어디서 샀어? 흑요석으로 만든 거네."

조반니가 물었습니다.

"은하 스테이션에서 받았어. 넌 안 받았니?"

"어라, 은하 스테이션을 지난 건가. 지금 우리가 있는 곳이 여기겠지."

조반니는 '백조'라고 쓰인 정거장 표시 바로 북쪽을 가리켰습니다.

"맞아. 와, 달빛이 저쪽 강가를 저렇게 환하게 비추는 건가?"

그쪽을 보니 희미하고 푸르스름하게 빛나는 은하 기슭에, 은빛 하늘 억새가 온통 가득 바람에 살랑대며 물결을 일으키고 있었습니다.

"달빛이 아니야. 은하라서 빛나는 거지."

조반니는 뛰어오를 듯 신이 나서 발을 탁탁 구르며 창밖으로 얼굴을 내밀었습니다. 높게 높게 휘파람으로 별 순례 노래를 부르면서 최대한 몸을 길게 빼고 하늘의 강물을 찾아보려고 했습니다. 처음엔 아무래도 잘 보이질 않았습니다. 그래도 차츰 집중해서 보니 깨끗한 물은 유리보다도 수소보다도 투명했습니다. 눈에 그렇게 보이는 건지 가끔 반짝반짝 보랏빛 작은 파도를 일으키기도 하고 무지개처럼 빛나면서 소리도 없이 자꾸자꾸 흘러갔습니다. 그리고 들판 여기에도 저기에도 파르스름하게 빛나는 삼각표가 아름답게 서 있었습니다. 멀리 있는 것은 작게, 가까이 있는 것은 크게 보였습니다. 또 멀리 있는 것은 오렌지빛이나 노란빛으로 선명하게, 가까이 있는 것은 푸르스름하고 조금 희미하게 보였습니다. 그것들이 삼각형, 사각형 또는 번개 모양이나 쇠사슬 모양으로 다양하게 하늘 들판 한가득 빛나고 있었습니다. 조반니는 가슴이 두근거려 머리를 세차게 흔들어 보았습니다. 그러자 정말로 그 아름다운 들판에서, 푸른색이나 오렌지색 갖가지로 빛나는 삼각표들이 제각기 숨을 쉬듯 깜빡깜빡 흔들리거나 떨고 있었습니다.

"내가 하늘 들판에 온 게 분명해."

조반니가 말했습니다.

"그런데 이 열차는 석탄을 안 때나 봐."

조반니가 창밖으로 왼손을 쑥 내밀고 앞쪽을 보며 말했습니다.

"알코올이나 전기로 달리겠지."

캄파넬라가 대꾸했습니다.

덜컹덜컹 덜컹덜컹. 작고 앙증맞은 열차는, 하늘 억새가

바람 따라 나부끼고, 하늘의 강물과 삼각점이 푸르스름하게
빛나는 희미한 빛 속을 끝없이 달려가는 것이었습니다.

"아~, 용담화가 피어 있어. 벌써 완전히 가을이네."

캄파넬라가 창밖을 가리키며 말했습니다.

선로 가에 심어진 짧은 잔디에는 월장석을 조각한 듯한
예쁜 보라색 용담화가 피어 있습니다.

"내가 뛰어내려 저걸 꺾어 와 볼까?"

설렘으로 가슴이 두근거리는 조반니가 물었습니다.

"이미 늦었어. 벌써 저렇게 뒤로 지나갔잖아."

캄파넬라가 말하자마자 또 다른 용담화들이 한가득 빛
나며 스치고 지나갔습니다.

그런데 이번에는 바닥이 노란 물잔 모양을 한 수많은 용
담화가 불쑥불쑥 솟아오르듯 비가 내리듯 연이어 눈앞을 지
나가고, 늘어선 삼각표들은 뿌옇게 보이다가 타오르듯이 보
이다가 하더니 마침내 반짝이며 섰습니다.

북십자성과 프리오신 해안

"엄마는 날 용서해 주실까?"

갑자기 캄파넬라가 체념한 듯 더듬거리며 걱정스레 물었습니다.

조반니는 '아 맞다. 우리 엄마는 저 멀리 먼지처럼 보이는 오렌지빛 삼각표 근처에 있으면서 지금 날 생각하고 있을 거야.' 하고 생각하며 아무 대답 없이 멍하니 있었습니다.

"난 엄마가 진정으로 행복해질 수만 있다면 무슨 일이라도 할 수 있어. 엄마에겐 도대체 어떤 게 최고의 행복일까?"

왠지 캄파넬라는 울고 싶은 마음을 억지로 참고 있는 것 같았습니다.

"너희 엄마는, 힘든 일이라곤 전혀 없잖아!"

조반니는 깜짝 놀라서 외쳤습니다.

"난 잘 모르겠어. 그렇지만 누구라도 진짜 좋은 일을 하면 그게 가장 큰 행복인 거잖아. 그러니까 엄마는 날 용서해 주실 거야."

캄파넬라는 뭔가 단단히 결심한 듯 보였습니다.

갑자기 열차 안이 환하게 눈부셨습니다. 밖을 보니, 마치 다이아몬드나 풀잎 이슬처럼 예쁜 건 죄다 모아 놓은 듯, 반짝이는 은하의 강바닥 위로 물이 소리도 모양도 없이 흐르고 있었습니다. 그리고 그 흐르는 물 한 가운데 푸르스름한 후광을 띤 섬 하나가 희미하게 보였습니다. 섬의 평평한 정상에는 저절로 눈이 번쩍 떠질 것만 같은 깨끗하고 새하얀 십자가가 서 있었습니다. 십자가는 얼어붙은 북극 구름을 틀에다 부어 만들었다고나 할까 투명한 금빛 후광을 띤 채 고요하게 영원토록 서 있었습니다.

"할룰레야, 할룰레야!"

앞에서도 뒤에서도 소리가 들렸습니다. 돌아보니 열차 안에 있던 여행객들은 모두 벌떡 일어나 옷차림을 바르게 하고 검은 바이블을 가슴에 대거나 수정 염주를 쥐고 있었습니다. 하나같이 공손히 손을 마주 잡고 하얀 십자가를 향해 기도하는 것이었습니다. 조반니와 캄파넬라도 얼떨결에 벌떡 일어섰습니다. 캄파넬라의 뺨은 잘 익은 사과처럼 예쁘게 빛나 보였습니다.

섬과 십자가는 점점 뒤로 멀어져 갔습니다.

마주 보이는 강기슭도 푸르스름하게 아련히 빛나며 부옇게 보였습니다. 가끔 억새가 바람에 따라 나부끼는지 쏴 하며 은빛으로 뿌예지며 숨을 쉬는 것 같았습니다. 또 수많은 용담화들이 풀에 숨기도 하고 불쑥 고개를 내밀기도 하는 모양이 은은한 도깨비불 같았습니다.

그러다가 순식간에 강과 열차 사이는 늘어선 억새들로 가려지고 백조의 섬은 뒤쪽으로 겨우 두 번 보이는 듯하더니 어느새 먼 곳의 작은 그림이 되어 버리고, 쏴아 쏴아 하는 억새를 뒤로하며 마침내 섬이 시야에서 사라졌습니다. 조반니 뒤에는, 언제 탔는지 검은 카톨릭식 홑옷 차림의 키 큰 수녀님이 동그랗고 푸른 눈동자를 지긋이 내리뜬 채 아직 섬으로부터 들려오는 어떤 소리에 경건하게 귀를 기울이고 있었습니다. 여행객들은 조용히 자리로 돌아오고 조반니와 캄파넬라의 가슴에도 뭔지 알 수 없는 슬픔이 가득 차올랐지만 아무렇지도 않은 척 슬그머니 다른 얘기로 돌렸습니다.

"이제 곧 백조 정거장이네."

"그래, 정확히 11시에 도착할 거야."

초록 신호등과 어렴풋한 하얀 기둥이 창밖을 휙 지나갔

습니다. 뒤이어 전철기 앞, 유황불처럼 푸르스름하고 희미하게 빛나는 전등이 차창 밑으로 지나가자 열차는 점점 느려졌습니다. 곧이어 플랫폼에 일렬로 늘어선 전등이 또렷하고 규칙적으로 나타나고, 전등 불빛이 점점 커지며 퍼져 보이더니 조반니와 캄파넬라가 탄 열차는 백조 정거장의 커다란 시계 앞에서 딱 멈췄습니다.

상큼한 가을의 시계 판에는 푸르게 빛나는 강철 시곗바늘 두 개가 정확히 11시를 가리키고 있었습니다. 모두 한꺼번에 내리자 열차 안은 텅 비었습니다.

시계 아래엔 '20분 정차'라고 쓰여 있었습니다.

"우리도 한번 내려볼까?"

조반니가 말했습니다.

"그러자."

조반니와 캄파넬라는 동시에 벌떡 일어나 열차 문을 뛰어나가 개찰구로 달려갔습니다. 그런데 개찰구에는 밝은 보랏빛을 띤 전등 하나가 켜져 있을 뿐 아무도 없었습니다. 주변을 둘러보아도 역장이나 짐꾼은 그림자조차 보이지 않았습니다.

조반니와 캄파넬라는 정거장 앞에 있는 투명한 수정으로 만든 듯한 은행나무로 빙 둘러싸인 작은 광장으로 나왔습니다. 거기서부터는 넓은 길이 곧장 은하의 푸른 빛 속으로 죽 이어져 있었습니다.

　아까 내렸던 사람들은 이미 다 어디로 갔는지 한 사람도 보이지 않았습니다. 조반니와 캄파넬라가 어깨를 나란히 하고 그 하얀 길을 걷자 그림자 두 개가 생겼습니다. 마치 사방으로 창이 나 있는 방 안의 기둥 두 개가 만들어 내는 그림자처럼, 혹은 두 개의 차 바큇살처럼 수없이 사방으로 그림자가 생겨났습니다. 얼마 안 있어 조반니와 캄파넬라는 열차에서 보이던 깨끗한 강가에 왔습니다.

　캄파넬라는 강가의 예쁜 모래를 조금 집어 손바닥에 펴 보고 손가락으로 사르륵사르륵 헤집으며 꿈꾸듯 말했습니다.

　"이 모래는 전부 수정이야. 속에서 작은 불이 타오르고 있어."

　"그래."

　조반니는 '내가 어디서 이런 것을 배웠더라.'라고 생각하며 얼빠진 채 대답했습니다.

강가의 자갈 알갱이는 모두 다 투명했습니다. 그것들은 수정이나 토파즈, 쪼글쪼글하게 주름진 보석이거나 모서리에서 안개처럼 몽롱하게 푸르스름한 빛을 발하는 사파이어 등이었습니다. 조반니는 그 물가로 달려가 손을 담갔습니다. 그런데 신기하게도 그 은하의 물은 수소보다도 맑고 투명했습니다. 흐르고 있다는 것을 분명하게 알 수 있었던 것은 조반니와 캄파넬라가 손목을 물에 담갔을 때, 수은 빛에 살짝 손이 뜨고 또 손목에 부딪히는 물결이 앙증맞은 도깨비불을 일으키며 반짝반짝 타는 것처럼 보였기 때문이었습니다.

상류를 보니 온통 억새로 가득한 벼랑 아래로 운동장만큼 넓고 평평한 하얀 바위가 강을 따라 이어져 있었습니다. 그곳에 대여섯 명으로 보이는 작은 그림자가 뭔가를 파내거나 묻고 있는지 몸을 굽혔다 폈다 하고, 가끔 무슨 도구 같은 것이 번쩍이기도 했습니다.

"가 보자!"

조반니와 캄파넬라는 동시에 외치며 그쪽으로 뛰어갔습니다. 하얀 바위로 가는 입구에는 '프리오신 해안'이라는 도자기로 된 매끄러운 표찰이 세워져 있었습니다. 마주 보이는 물가에는 군데군데 가느다란 쇠로 된 난간이 세워져 있고 나무로 된 예쁜 벤치도 있었습니다.

"어, 이상한 게 있어."

캄파넬라가 신기한 듯 멈춰 서더니 바위에서 거무스레하고 갸름한, 앞이 뾰족한 호두 같은 것을 주웠습니다.

"호두야. 봐, 많이 있어. 흘러온 것 아냐? 바위 속에 들어있어."

"우와 크다. 이 호두는 두 배나 크네. 이건 전혀 상하지 않았어."

"빨리 저쪽으로 가 보자. 아마 뭔가를 파고 있을 거야."

조반니와 캄파넬라는 깔쭉깔쭉하고 검은 호두를 손에 쥐고서 아까 왔던 바위 쪽으로 더 가까이 다가갔습니다. 왼쪽 강기슭에서는 물결이 부드러운 번개처럼 번쩍거리며 밀려오고 오른쪽 벼랑에서는 온통 은과 조개껍데기로 만든 듯한 억새들이 나부끼고 있었습니다.

가까이 다가가 보니 근시 안경을 쓰고 장화를 신은 키가 큰 학자 같은 사람이 수첩에 뭔가 바쁘게 적으며, 곡괭이질이나 삽질을 하는 조수로 보이는 세 사람에게 여러 지시를 정신없이 내리고 있었습니다.

"그쪽 튀어나온 곳을 망가뜨리지 않도록 해. 삽으로 하라고. 삽! 앗, 좀 더 바깥쪽부터 파. 안 돼, 안 돼! 왜 그렇게 함부로 하는 거야."

보니까 그 하얗고 부드러운 바위 속에 엄청 크고 푸르스름한 짐승 뼈가 옆으로 눌린 채 반 이상 발굴되어 나와 있었습니다. 자세히 보니 그곳에는 두 개로 갈라진 발굽 자국이 찍혀 있는 바위가 열 개쯤 사각 모양으로 깔끔하게 잘려 번호가 붙어 있었습니다.

"너희들은 참관하러 온 거니?"

대학자로 보이는 아까 그 사람이 안경을 번쩍이며 조반니와 캄파넬라를 보고는 물었습니다.

"호두가 엄청 많지. 그것은 대략 백이십만 년쯤 된 거야. 완전 새로운 거지. 여기는 백이십만 년 전, 제3기*가 끝날 무렵에는 해안이었어. 여기 아래쪽에서는 조개껍데기도 나와.

---

*   신생대(新生代) 제3기: 신생대의 세 기 중 두 번째 시기로, 신생대 팔레오기 이후부터 제4기 이전까지의 시대이다. 약 2,300만 년 전부터 258만 년 전까지를 말한다.

지금 강이 흘러가고 있는 바로 이곳에 똑같이 바닷물이 밀려들거나 빠져나가곤 했어. 이 짐승은 말이야, 이건 '보스'라고 부르는데, 앗! 이봐, 이봐! 거기는 곡괭이를 쓰지 마. 조심조심, 정을 사용하라니까! '보스'는 오늘날 소의 조상이야. 옛날에는 많이 살았었지."

"표본으로 만들 거예요?"

"아니 증명하는 데 필요해서. 우리가 볼 땐, 여긴 아주 두껍고 굉장한 지층이어서 백이십만 년 전에 만들어졌다는 증거가 여럿 있지만, 우리와 의견이 다른 사람들이 봐도 그렇게 보일지, 아니면 바람이나 물이나 텅 빈 공간으로만 보이진 않을지 하는 문제야. 이해하겠어? 그렇지만…. 어이, 어이, 거기도 삽으로는 안 돼. 그 바로 아래에 늑골이 묻혀 있을 거잖아!" 학자는 황급히 달려갔습니다.

"이제 가야 할 시간이야. 가자."

캄파넬라가 지도와 손목시계를 번갈아 보며 말했습니다.

"아, 네, 그럼 저희는 그만 가 보겠습니다."

조반니는 공손히 학자에게 인사를 했습니다.

"그래. 그럼 잘 가거라."

학자는 또 바쁜 듯 여기저기 돌아다니며 지시하기 시작했습니다. 조반니와 캄파넬라는 열차를 놓치지 않으려고 하얀 바위 위를 힘껏 달렸습니다. 진짜 바람처럼 달렸습니다.

그런데 숨도 차지 않고 무릎도 무겁지 않았습니다.

조반니는 이렇게 달린다면 세상 끝까지라도 달릴 수 있겠다는 생각을 했습니다.

아까의 그 강가를 지나오자 개찰구의 전등이 점점 커진다 싶더니, 어느 샌가 조반니와 캄파넬라는 아까 있던 자리에 앉은 채 방금 다녀온 곳을 창밖으로 내다보고 있습니다.

새 잡는 자

"여기에 앉아도 되겠습니까?"

까슬까슬한, 그러면서도 상냥한듯한 어른 목소리가 조반니와 캄파넬라의 뒤쪽에서 들려왔습니다.

붉은 수염에 등이 굽은 사람으로 좀 낡은 갈색 외투를 입고 흰 천으로 둘둘 싼 물건을 양어깨에 메고 있었습니다.

"네, 그러세요."

조반니는 어깨를 좀 움츠리며 인사를 했습니다. 그 사람은 붉은 수염 사이로 희미한 미소를 띠고 그물 선반 위로 천천히 짐을 올려놓았습니다. 조반니는 왠지 몹시 쓸쓸하고 슬퍼지는 기분이 들어 말없이 정면에 있는 시계를 보고 있었습니다. 그때 앞쪽 멀리에서 유리 호각 소리가 들렸습니다. 열차는 이미 조용히 움직이고 있었습니다. 캄파넬라는 열차의 천장 여기저기를 보고 있습니다. 전등 하나에 까만 장수풍뎅이가 달라붙어 천장에 그림자가 커다랗게 생겨 있습니다. 붉은 수염을 한 사람은 뭔가 정겨운 웃음을 띠며 조반니와 캄파넬라의 모습을 바라보고 있었습니다. 열차는 이제 점점 빨라지고 창밖으론 억새와 강이 번갈아 반짝이며 지나갔습니다.

붉은 수염을 한 사람이 좀 쭈뼛거리다가 조반니와 캄파넬라에게 물었습니다.

"그대들은 어디로 가시죠?"

"어디까지라도 가죠."

조반니는 어물쩍 대답했습니다.

"참 좋겠네요. 이 열차는 실제로 어디까지라도 가니까요."

"그러는 아저씨는 어디로 가나요?"

갑자기 캄파넬라가 따지듯이 묻기에 조반니는 그만 웃고 말았습니다. 그러자 저쪽 자리에 앉아 있던, 뾰족한 모자를 쓰고 허리에 커다란 열쇠를 매단 사람도 흘끔 이쪽을 보고 따라서 웃습니다. 캄파넬라도 그만 얼굴이 빨개지곤 웃어 버립니다. 그런데 그 사람은 별로 화내지도 않고 뺨을 실룩거리며 대답했습니다.

"저는 곧 내려요. 새를 잡아 팔고 있습죠."

"무슨 새를 잡나요?"

"학이나 기러기죠. 백로나 백조를 잡기도 하고요."

"학은 많이 있나요?"

"그럼, 있고말고요. 아까부터 울고 있었잖아요. 못 들으셨나요?"

"못 들었는데요."

"지금도 들리잖아요. 자, 귀 기울여 잘 들어 보십시오."

조반니와 캄파넬라는 눈을 위로 들고 귀를 기울였습니다. 덜컹덜컹 울리는 열차 진동 소리와 억새 바람 사이로 뽀글뽀글 물이 샘솟는 소리가 들려왔습니다.

"어떻게 학을 잡나요?"

"학 말입니까? 아니면 백로 말입니까?"

"백로요."

조반니는 학이든 백로든 상관없다는 심정으로 대답했습니다.

"그건 식은 죽 먹기죠. 백로라는 놈은 모두 하늘 강의 모래가 굳어 뽀얗게 만들어진 놈들 인데다가, 항상 강으로 돌아오니까 그냥 강기슭에서 기다리기만 하면 됩죠. 백로가 다리를 이렇게 해서 내려오는 데 그 녀석이 땅에 닿으려는 찰나에 잽싸게 꽉 눌러 잡는 거죠. 그러면 백로는 금세 굳어서 안심하고 죽어 버립죠. 그다음에는 뻔하죠. 납작이로 만들면 끝입죠."

"백로를 납작이로 만든다고요? 표본인가요?"

"표본은 아닙죠. 다들 먹잖습니까?"

"참, 이상하네."

캄파넬라가 고개를 갸우뚱했습니다.

"이상할 것도 의심할 것도 없죠. 자."

그 남자는 일어서서 그물 선반에서 짐꾸러미를 내리더
니 재빠르게 둘둘 풀었습니다.

"자, 보십죠. 좀 전에 막 잡아 온 것입죠."

"정말 백로잖아!"

조반니와 캄파넬라는 소리쳤습니다. 아까 본 북십자가
처럼 깨끗하게 빛나는, 새하얀 백로 열 마리가 납작 눌려 검
은 다리를 꼬부린 채 조각된 부조처럼 나란히 누워 있었습
니다.

"눈을 감고 있네."

캄파넬라는 초승달 모양으로 눈을 감고 있는 백로의 하
얀 눈을 손가락으로 살짝 만져 보았습니다. 머리 위에는 창
처럼 뾰족하고 새하얀 털이 진짜로 붙어 있었습니다.

"보십죠. 그렇죠?"

새잡이는 보자기를 접고는 다시 둘둘 말아 끈으로 묶었
습니다.

누가 도대체 여기서 백로를 먹을까 생각하며 조반니는
물었습니다.

"백로는 맛있나요?"

"네, 그럼요. 매일 주문이 들어오죠. 근데 기러기가 더 잘 팔려요. 기러기가 몸집도 좋고 뭣보다 손질이 쉬우니까요. 자, 보십시오."

새잡이가 또 다른 짐꾸러미를 풀었습니다. 그러자 몸에 노랑과 푸르스름한 색으로 얼룩덜룩한 기러기가 신비한 전등불처럼 빛나며 방금 본 백로처럼 부리를 가지런히 모으고 납작하게 눌린 채 나란히 들어 있었습니다.

"이건 바로 먹을 수 있습죠. 자, 어때요? 조금 드셔 봐요."

새잡이는 기러기의 노란 발을 가볍게 뜯어냈습니다. 그러자 마치 초콜릿으로 된 것처럼 쓱 부드럽게 떨어졌습니다.

"어때요? 조금 드셔 봐요."

새잡이는 그것을 두 조각으로 잘라 주었습니다. 조반니는 조금 먹어 보고는 '뭐야, 이건 역시 과자였어. 초콜릿보다 훨씬 맛있네. 이렇게 과자처럼 맛있는 기러기가 하늘을 날아다닐 리가 없어. 이 남자는 어느 들판에서 과자를 파는 사람일 거야. 그런데 난 마음으론 이 사람을 바보 취급하면서도 이 사람이 만든 과자를 먹고 있으니 한심하기 그지없네.'

조반니는 속으로 그렇게 생각하면서도 그것을 오물오물

씹어 먹었습니다.

"좀 더 드셔 봐요."

새잡이는 또 꾸러미를 내밀었습니다. 조반니는 더 먹고 싶었지만 "네, 저는 됐어요." 하고 사양을 했더니 새잡이가 이번에는 건너편에 있는 열쇠를 찬 사람에게 과자를 내밀었습니다.

"에구, 파는 물건을 그냥 얻어먹어서 어떡합니까."

그 사람은 모자를 벗고 인사했습니다.

"별말씀을. 그나저나 올해 철새 상황은 어때요?"

"아, 네. 아주 좋아요. 그저께 새벽 2시쯤에는 등대를 켜야 할 시간인데 왜 껐냐고 여기저기서 항의가 들어오는 통에 전화기가 고장 날 지경이었어요. 아, 글쎄, 내가 그런 것이 아니고 철새들이 새까맣게 떼 지어 등대 앞을 지나는 바람에 그렇게 된 거죠. 바보 같은 놈들! 그런 불평을 해 봤자 나도 어쩔 수가 없는데…. 파닥파닥 소리 나는 망토를 입고 있고 입과 다리가 엄청 가느다란 철새 대장에게나 불평하라고 해 댔죠. 하하하."

창밖에서 억새들이 사라지자 맞은편 들판으로부터 환한

빛이 열차 속으로 확 쏟아져 들어왔습니다.

"백로는 손질이 왜 힘든 건가요?"

캄파넬라는 아까부터 궁금해서 묻고 싶었습니다.

"그건 백로를 먹는 데는….

새잡이가 다시 이쪽을 보았습니다.

"하늘의 강물의 반짝이는 빛에 열흘이나 매달아 놓든지 모래에 사나흘 묻어 두어야만 해요. 그래야 수은이 모두 날아가서 먹을 수 있게 되죠."

"이건 새가 아니라 그냥 과자 아닌가요?"

역시 조반니와 같은 생각을 했는지 캄파넬라가 대담하게 물어보았습니다. 새잡이는 매우 당황한 듯했습니다.

"아, 그렇지. 여기서 내려야지."

일어서서 짐을 내리는가 했더니 어느새 사라지고 없었습니다.

"어디로 가 버렸지?"

조반니와 캄파넬라가 어리둥절 마주 보자 등대지기는 히죽히죽 웃으며 조반니와 캄파넬라가 앉아 있는 옆 창문으로 와서 까치발로 서서는 밖을 내다보았습니다. 조반니와 캄파넬라도 그쪽을 보았습니다. 방금 있던 새잡이가 노랗고 푸르스름하게 신비한 빛을 내뿜는 강기슭의 쑥부쟁이밭에 서서 진지한 표정으로 두 팔을 벌리고는 하늘을 응시하고 있었습니다.

"저기 있네. 되게 이상한 자세야. 또 새를 잡으려는 게 틀림없어. 열차가 지나가기 전에 빨리 새들이 내려오면 좋겠는데."

말하자마자 텅 빈 연보랏빛 하늘에서 아까 본 듯한 백로들이, 새하얀 눈이라도 내리듯 까악까악 울어대며 한가득 무리 지어 내려왔습니다. 그러자 새잡이는 모든 게 뜻대로라는 듯이 싱글벙글 웃으며 두 다리를 60도로 벌리고 서서, 오므리고 내려오는 백로의 까만 다리를 두 손으로 닥치는 대로 잡아 자루에 집어넣었습니다. 그러자 백로는 반딧불이처럼 자루 안에서 잠깐 반짝반짝 파랗게 빛났다 꺼졌다 하더니, 끝내 모두 희뿌예지며 눈을 감는 것이었습니다. 하지만 잡히지 않고 무사히 하늘 강 모래밭에 내린 새들이 잡힌 새들보다는 많았습니다. 그 새들을 보니 다리가 모래밭에 닿자마자 마치 눈처럼 녹아 쪼그라져 납작하게 되어, 순식간에 용광로에서 나온 쇳물처럼 모래와 자갈에 퍼졌습니다. 아주 잠깐은 모래 위에 백로의 형태가 남아 있었지만 두세 번 환해지다 어두워지다 하더니 완전히 주변의 색과 같아져 버렸습니다.

새잡이는 백로를 스무 마리쯤 잡아 자루에 넣고 갑자기 두 팔을 들고는 마치 총에 맞아 죽는 병사 모습을 취하는가 싶더니 사라졌습니다. 그러자 별안간 익숙한 음성이 조반니 주위에서 들렸습니다.

"아아, 기분 좋아. 분수에 맞게 버는 것만큼 좋은 일도 없다니까."

조반니가 돌아보니 새잡이는 어느새 잡아 온 백로를 가지런히 모아 하나씩 포개놓고 있었습니다.

"도대체 어떻게 거기서 여기로 순식간에 온 거죠?"

조반니는 왠지 당연한 것 같기도 하고 아닌 것 같기도 해서 물었습니다.

"어떻게 왔냐고요? 그야 오려고 했으니까 왔습죠. 그런데 그대들은 도대체 어디에서 오신 거죠?"

조반니는 바로 대답해 주고 싶었지만, 자신이 어디서 왔는지 도무지 생각나지 않았습니다. 캄파넬라도 애써 생각하느라 얼굴이 그만 새빨개졌습니다.

"아, 멀리서 오셨나 보군요."

새잡이는 알겠다는 듯이 고개를 가볍게 끄덕였습니다.

조반니의 차표

"여기는 백조 구역의 끝이에요. 보십시오. 저게 유명한
알비레오 관측소에요."

창밖에는 쏘아 올린 불꽃으로 가득한 것 같은 하늘 강의
한가운데에 커다랗고 검은 건물 네 동이 서 있었습니다. 그
중 한 동의 평평한 지붕 위에서는 눈이 번쩍 뜨일 만큼 선명
하고 투명한 사파이어와 토파즈 구슬 두 개가 서로 원을 그
리며 빙글빙글 소리 없이 돌고 있었습니다. 토파즈는 점점
뒤로 돌아가고 푸르고 작은 사파이어가 앞으로 오면서 어느
새 두 구슬의 가장자리가 겹쳐지더니 작고 예쁜 초록색 양면
볼록렌즈 모양이 되었습니다. 볼록렌즈 모양 가운데가 점점
부풀고 마침내 사파이어가 토파즈의 정면으로 완전히 오니

까 구슬 모양의 초록 중심부와 밝고 노란 테두리가 생겼습니다. 그게 점점 옆으로 비껴가면서 아까의 렌즈 조합과는 반대로 사파이어는 뒤로 돌아가고 토파즈는 앞으로 돌아오며 되풀이하는 것이었습니다. 모양도 소리도 없는 은하의 물에 둘러싸여, 검은 관측소는 정말 잠든 것처럼 고요히 가로놓여 있었습니다.

"저건 물살의 세기를 재는 기계죠. 물도…."

새잡이가 말을 하려고 할 때였습니다.

"차표 좀 보여 주십시오."

세 사람의 자리 옆에 빨간 모자를 쓴 키 큰 역무원이 어느새 다가와 바른 자세로 서서 말했습니다. 새잡이가 잠자코 주머니에서 작은 종잇조각을 꺼냈습니다. 역무원은 그것을 잠깐 보더니 바로 눈길을 돌려 '당신들 표는?' 하고 묻듯이 손가락 끝을 움직거리며 조반니와 캄파넬라에게 손을 내밀었습니다.

"그게요…."

조반니는 어쩔 줄 몰라 머뭇거리고 있는데, 캄파넬라는 별일 아니라 듯 작은 회색 차표를 내밀었습니다. 조반니는 몹시 당황하여 혹시 윗도리 주머니에라도 들어있지 않을까 하여 손을 넣어 보았더니 뭔가 크게 접힌 종잇조각이 만져졌습니다. '이런 게 들어 있었나?' 생각하며 얼른 꺼내 보았더니 그건 엽서를 네 번 접은 크기의 초록색 종이였습니다. '역무원이 손을 내밀고 있으니까 뭐라도 상관없어. 에이, 될 대로 되라지.' 하는 심정으로 건넸습니다. 역무원은 단정한 자세로 고쳐 서서 그것을 정중하게 펴 보았습니다. 그리고 그것을 읽으면서 윗도리의 단추를 자꾸 매만졌습니다. 등대지기도 아래에서 그것을 올려다보는 걸 보니 조반니는 그게 분명히 증명서 비슷한 거라는 생각에 가슴이 벅차오르는 것 같았습니다.

"이것은 3차원 세계에서 가지고 오신 건가요?"

역무원이 물었습니다.

"저도, 잘 모르겠어요."

'이젠 괜찮겠지.' 하고 안심이 된 조반니는 역무원을 올려다보며 후훗 웃었습니다.

"좋습니다. 남십자성에 도착하는 시간은 3시경이 됩니다."

역무원은 종이를 조반니에게 돌려주고 건너편으로 갔습니다.

캄파넬라는 그 차표가 뭐였는지 궁금해 죽겠다는 듯 얼른 그걸 들여다보았습니다. 물론 조반니도 빨리 보고 싶었습니다. 그 종이에는 온통 새까만 당초무늬 바탕에 기이한 글자 열 개가 인쇄되어 있는데, 그것을 가만히 보고 있으니 이상하게도 그 속으로 빠져들 것만 같았습니다. 새잡이가 옆에서 그것을 힐끔 보곤 당황한 듯 말했습니다.

"어, 이건 어디에도 없는 대단한 표인데요! 이 표는 진짜 천상까지 갈 수 있는 차표입죠. 천상뿐 아니라 어디든 마음대로 갈 수 있는 통행권입죠. 이것만 있으면 이런 불완전한 환상 4차원 세계의 은하철도 따윈 어디까지라도 갈 수 있습죠. 그대는 대단하시네요."

"뭐가 뭔지 통 모르겠어요."

조반니는 얼굴이 빨개진 채 대답하면서 차표를 접어 주머니에 집어넣었습니다. 그리고 왠지 머쓱해 캄파넬라와 함께 창밖으로 다시 고개를 돌렸으나 새잡이가 대단하다는 듯이 이따금 이쪽을 흘끔거리고 있는 게 느껴졌습니다.

"곧 독수리 정거장이야."

캄파넬라가 건너편 강기슭에 파르스름하게 빛나며 늘어서 있는 작은 삼각표 세 개와 지도를 번갈아 보며 말했습니다.

조반니는 갑자기 옆줄에 앉은 새잡이가 왠지 모르게 가엾어서 견딜 수가 없었습니다. 백로를 잡아서 기분이 날아갈 듯하다고 하질 않나, 흰 천으로 백로를 둘둘 말질 않나, 남의 차표를 놀란 눈으로 곁눈질하기도 하고, 별안간 칭찬하기도 하던 게 하나하나 떠올랐습니다. 그러다 보니 조반니는 생전 처음 만난 이 새잡이를 위해서 자신이 가지고 있는 건 그게 음식이든 뭐든 다 주고 싶어졌습니다. 이 사람이 정말로 행복해진다면, 자신이 저 반짝이고 있는 하늘 강 기슭에서 백 년이라도 서서 대신 새를 잡아 주어도 괜찮다는 기분이 들어 도저히 견딜 수 없었습니다. 당신이 정말로 원하는 게 뭐냐고 물어보려고 했는데, 너무 엉뚱한 질문 같아 망설이며 뒤돌아보니 새잡이는 이미 사라지고 없었습니다. 그물 선반 위에도 흰 짐보따리가 보이지 않았습니다. 새잡이가 또다시 밖에서 하늘을 올려다보면서 양다리를 딱 벌리고 서서 백로 잡을 준비를 하나 보다 싶어 얼른 그쪽을 보았습니다. 그러나 창밖은 온통 깨끗한 모래와 하얀 억새 물결뿐, 새잡이의 넓은 등도 뾰족한 모자도 보이지 않았습니다.

"그 사람 어디로 갔지?"

캄파넬라도 어리둥절해서 말했습니다.

"어? 어디로 갔지? 어디서 또 만날 수 있을까? 왜 좀 더 많은 이야기를 하지 못했을까?"

"글쎄 말이야. 나도 후회하고 있어."

"난 그 사람이 귀찮았거든. 그래선가 봐. 마음이 몹시 아파."

조반니는 정말이지 이런 이상한 기분은 처음이며 지금까지 이런 느낌을 말한 것도 처음이라고 생각했습니다.

"어디서 사과 향기가 나네. 내가 방금 사과를 생각해서 일까?"

캄파넬라가 신기한 듯이 주변을 둘러보았습니다.

"정말 사과 향기가 나. 그리고 찔레꽃 향기도 나고."

조반니도 그쪽 주변을 살펴보았는데 역시 차창 밖에서 향기가 들어오는 것 같습니다. '지금은 가을이라 찔레꽃 향

기가 날 리가 없는데.'

그 순간 갑자기 거기에, 윤기가 흐르는 검은 머리카락을 한 여섯 살쯤 되어 보이는 남자아이가 서 있는 모습이 보였습니다. 그 아이는 빨간 자켓을 입고 단추도 채우지 않은 채 매우 놀란 표정으로 덜덜 떨면서 맨발로 서 있었습니다. 옆에는 검은 양복을 단정하게 입은 키가 큰 청년이 거센 바람을 맞고 있는 느티나무처럼 남자아이의 손을 꼭 잡고 서 있었습니다.

"어머, 여긴 어딜까? 와, 예뻐라."

그들 뒤에는 열두 살쯤 되어 보이는 갈색 눈의 예쁜 여자아이가 까만 코트를 입고 청년의 팔에 기대어 신기한 듯이 창밖을 내다보고 있었습니다.

"아, 여기는 랭커셔주야. 아니, 코네티컷주인가? 아니네. 아! 우리는 하늘에 온 거야. 우리는 하늘나라로 가는 거야. 자, 봐봐! 저 표시는 하늘나라 표시야. 이젠 아무것도 무서울 것 없어. 하느님께서 우릴 부르셨어."

검은 양복을 입은 청년은 기쁨에 겨워 여자아이에게 말했습니다. 그러나 곧 이마에 깊은 주름을 지우고는 몹시 피곤한 듯 애써 웃으면서 남자아이를 조반니 옆에 앉혔습니다.

그러고는 여자아이를 보며 다정하게 캄파넬라 옆 좌석을 가리켰습니다. 여자아이는 순순히 그쪽에 앉아 단정하게 두 손을 모았습니다.

"난 큰누나 집에 갈 거야."

좌석에 걸터앉자마자 남자아이는 입을 삐죽이며 등대지기 맞은편 좌석에 방금 앉은 청년에게 말했습니다. 청년은 왠지 애처로운 표정으로, 물에 젖어서 고불거리는 그 애의 머리를 보고 있었습니다. 여자아이는 갑자기 두 손으로 얼굴을 가리고 훌쩍훌쩍 울기 시작했습니다.

"아버지와 기쿠요 누나는 아직 여러 가지 할 일이 남았어. 그렇지만 금방 따라오실 거야. 그나저나 어머니가 얼마나 오래 기다리고 계실까? '우리 소중한 다다시는 지금 어떤 노래를 부르고 있을까? 눈 내리는 아침에 모두 손을 잡고 딱총나무 숲을 빙빙 돌며 놀겠지.' 하면서 진심으로 걱정하며 기다리고 계실 테니 빨리 어머니 보러 가자."

"응. 근데 나, 배 타지 말걸."

"그래. 그런데, 봐봐. 자, 어때? 저 멋진 하늘 강을 좀 봐!

여름 내내 우리가 '트윙클 트윙클 리틀스타'를 노래하며 잠들 때, 언제나 창밖으로 희끄무레하게 보였었지. 바로 거기야. 어때 예쁘지? 저렇게 빛나고 있어."

울고 있던 여자아이도 손수건으로 눈물을 닦고 밖을 내다보았습니다. 청년은 알려 주려는 듯 가만가만 남매에게 말했습니다.

"우리에게는 이제 슬픈 일이 아무것도 없어. 우리는 이렇게 멋진 곳을 여행하고 나서 바로 하느님 계신 곳으로 갈 거야. 그곳은 정말로 환하고 좋은 향기가 나며 훌륭한 사람들로 가득 차 있어. 그리고 우리 대신 구명보트에 탄 사람들은 틀림없이 모두 구조되어 걱정하며 기다리던 가족 품으로 돌아갔을 거야. 자, 이제 얼마 안 남았으니까 우리 모두 기운 내서 신나게 노래하며 가자."

청년이 남자아이의 젖어 있는 까만 머리카락을 어루만지고 모두를 위로하는 사이에 청년의 얼굴도 점점 밝아졌습니다.

"여러분은 어디에서 오신 건가요? 무슨 일이 있었나요?"
좀 전의 등대지기가 조금은 알 것도 같다는 표정으로

청년에게 물어보았습니다. 청년은 엷게 웃었습니다.

"그게요…. 배가 빙산에 부딪혀 침몰했어요. 이 아이들 아버지가 급한 일 때문에 두 달 전에 먼저 본국으로 돌아가게 되어 우리는 그 뒤에 출발했지요. 저는 대학에 입학해 가정교사를 하고 있었어요. 그런데 꼭 12일째 되는 오늘인가 어제였어요. 배가 빙산에 부딪혀 한쪽으로 기울다가 결국 가라앉기 시작했죠. 달빛은 희미하게 있었지만, 안개가 몹시 심했어요. 그런데 구명보트는 왼쪽 가장자리 절반이 이미 부서져 아무래도 모두 탈 수는 없었죠. 그러는 사이에 배는 자꾸자꾸 가라앉고 저는 필사적으로 제발 어린아이들을 태워 달라고 소리쳤어요. 가까이 있던 사람들은 바로 길을 터 주고 아이들을 위하여 기도를 해 주었어요. 그렇지만 거기서부터 구명보트까지 가는 길에는 아직 다른 어린아이들이나 부모들이 남아 있어서 도저히 헤치고 나갈 용기가 나지 않았어요. 그래도 저는 어떻게 해서든 이 아이들을 구하는 게 제 의무라고 여겼기 때문에 앞에 있는 아이들을 밀쳐 내려고 했어요. 그렇지만 한편으로는 이렇게 해서 구해 내는 것보다 이대로 함께 하느님 앞으로 가는 편이 정말 이 아이들의 행복이라고도 생각했어요. 그러다가도 하느님 뜻에 어긋나는 죄는 저 혼자 짊어지더라도 이 아이들만이라도 구하자고 마음먹었죠. 그러나 도저히 그렇게 못 하겠더라고요. 아이들만 구명보트에 태운 엄마가 미친 듯이 키스를 보내고 아빠가 슬픔을 꾹꾹 눌러 가며 참고 서 있는 모습에 창자가 끊어질 듯 마음이 아팠어요. 그러는 사이 배는 쑥쑥 가라앉았어요. 전 아예 이 두 아이를 끌어안고 버틸 수 있는 한 최대한 떠 있으려 굳게 마음먹고 셋이 뭉쳐 배가 가라앉는 것을 지켜보고 있었어요. 누가 던졌는지 구명튜브 하나가 날아왔지만 미끄러지더니 멀리 가 버렸죠. 저는 있는 힘을 다해 갑판에서 격자를 떼어 내, 아이들과 함께 꼭 붙잡고 있었어요. 그런데 어디선가 ○○번 노래가 들려왔어요. 그러자 곧바로 모두가 여러 나라말로 일제히 노래를 불렀어요. 그때 갑자기 큰 소리가 들렸고 우리는 바닷물에 떨어졌어요. 소용돌이로 빠져드는구나 하는 생각에 이 아이들을 꼭 안고 있다가 의식을 잃었는데, 정신을 차려 보니 여기에 와 있는 거예요. 이 아이들의 엄마는 재작년에 돌아가셨어요. 그래요, 구명보트에 있던 사람들은 틀림없이 구조됐을 거예요. 숙련된 선원들이 노를 저어 재빨리 배에서 멀리 벗어났으니까요."

주변에서 작은 기도 소리가 들리고 조반니도 캄파넬라도 지금까지 잊고 있었던 여러 가지 일들이 어렴풋이 떠올라 눈시울이 뜨거워졌습니다.

'아아, 그 큰 바다는 태평양이 아니었을까? 빙산이 떠다니는 북쪽 끝 바다에서 작은 배를 탄 채 바람과 얼어붙은 바닷물 또 혹한과 싸우며 누군가가 필사적으로 노를 젓고 있어. 난 정말 그 사람들이 불쌍해. 그리고 미안한 마음이 들어. 난 그 사람들의 행복을 위해서 도대체 무엇을 하면 좋을까.'

조반니는 고개를 푹 숙인 채 울적한 기분에 빠져들었습니다.

"무엇이 행복인지는 아무도 알 수 없죠. 아무리 괴로운 일이라도 그게 옳은 길로 가는 도중에 생긴 일이라면, 오르막길이든 내리막길이든 모든 것이 진정한 행복에 다가가는 한걸음이니까요."

등대지기가 위로하며 말했습니다.

"네, 맞아요. 진정으로 행복한 경지에 이르려면 이런저런 슬픔도 그저 하느님의 뜻으로 받아들여야겠죠."

청년이 기도하듯 대답했습니다.

남매는 이젠 지쳤는지 축 늘어진 채 각자의 자리에 기대어 자고 있었습니다. 아까 보았던 아이의 맨발에는 어느새 하얗고 부드러운 구두가 신겨져 있었습니다.

덜컹덜컹 덜컹덜컹. 열차는 푸르스름한 빛을 발하는 강 기슭을 달렸습니다. 건너편 창밖을 보니 들판은 마치 환등기(幻燈機)를 돌려 보는 것 같았습니다. 백 개도 천 개도 넘는 크고 작은 여러 모양의 삼각표가 보이고, 그 큰 삼각표 위에는 빨간 점들을 찍은 측량 깃발도 보입니다. 들판 끝은 헤아릴 수 없을 정도로 많은 삼각표가 한데 모여 있었습니다. 그것들은 희미하고 푸르스름한 안개같이 보입니다. 거기서부터 인지 아니면 더 먼 곳에서부터 인지 몰라도 여러 가지 모양의 희미하고 예쁜 봉화 같은 것이 이따금 번갈아 가며 투명한 연보라색 하늘로 쏘아 올려지는 것입니다. 투명하고 깨끗한 바람은 장미 향이 가득했습니다.

"어때요? 이런 사과는 처음 보지요?"

건너편 자리에 있던 등대지기가 어느새 황금색과 빨간색으로 예쁘게 물든 커다란 사과들을 떨어뜨리지 않으려고 두 손으로 무릎 위에서 감싸고 있었습니다.

"와, 어디에서 따온 사과예요? 엄청나네요. 여기서는 그런 사과가 나나 봐요."

청년은 깜짝 놀란 듯 등대지기가 두 손으로 감싸고 있는 한 무더기의 사과를 눈을 가늘게 뜬 채 고개를 갸웃거리며 넋을 잃고 바라다보았습니다.

"자 일단 드셔 봐요. 한번 드셔 봐요."

청년은 하나를 집어서는 조반니와 캄파넬라를 보았습니다.

"자, 그쪽 도련님, 어때요? 먹어 보지 않을래요?"

조반니는 도련님이라고 불리는 게 기분 나빠 아무 대답도 하지 않았는데 캄파넬라는 "고맙습니다." 하고 인사했습니다.

그러자 청년이 직접 사과를 집어 들어 하나씩 건네주기에, 조반니도 일어나 인사했습니다.

등대지기는 겨우 두 손이 비게 되자, 이번에는 자기가 직접, 잠들어 있는 남매의 무릎 위에 사과를 하나씩 살그머니 놓았습니다.

"정말 고마워요. 이렇게 훌륭한 사과는 어디서 나나요?"

청년은 사과를 주의 깊게 살펴보면서 물었습니다.

"여기서도 물론 농사를 짓기도 하지만 대개는 저절로 둬도 좋은 농산물이 나와요. 농사라고 해도 그렇게 힘든 일이 아니지요. 보통 자기가 원하는 씨를 뿌리기만 하면 저절로 쑥쑥 자란답니다. 쌀도 태평양 부근에서 나는 것처럼 벼 껍질도 없고 열 배나 큰 데다 냄새도 좋아요. 그러나 여러분이 가시는 곳은 농사 따위는 안 지어요. 사과나 과자도 남는 찌꺼기가 전혀 없어서 사람마다 제각각의 은은한 향이 모공에서 발산된답니다."

갑자기 남자아이가 눈을 번쩍 뜨고 말했습니다.

"와아! 나, 지금 엄마 꿈꿨어. 엄마가 멋진 책장이 있는 곳에 있었는데 나를 보고 손을 내밀며 싱글벙글 웃고 있었어. 내가 엄마에게 사과 갖다 줄까 하고 묻다가 잠이 깨 버렸어. 아, 여긴 아까 그 열차 안이네."

"그 사과가 거기 있어. 이 아저씨가 주신 거야."

청년이 말했습니다.

"고마워요. 아저씨. 에이, 가오루 누나는 아직도 자고 있잖아. 내가 깨워야지. 누나, 이것 봐! 사과 받았어. 눈떠 봐!"

여자아이는 웃으며 잠에서 깨더니 눈이 부신 듯 두 손을 눈에 대고 사과를 보았습니다. 남자아이는 파이를 먹듯이 사과를 벌써 먹어 버렸습니다. 애써 벗긴 사과의 예쁜 껍질도 와인병의 코르크 따개의 나선형 모양처럼 돌돌 말려 떨어지는 사이에 잿빛이 되어 스르르 증발해 버리는 것이었습니다.

조반니와 캄파넬라는 조심조심 사과를 주머니에 넣었습니다.

강 하류 맞은편 기슭에는 푸르고 울창한 큰 숲이 보이고 나뭇가지들에는 잘 익어 빨갛게 빛나는 동그란 열매들이 가득 달려 있었습니다. 숲 한가운데에는 높디높은 삼각표가 세워져 있었습니다. 숲속에서는 오케스트라 벨과 실로폰이 어우러져 말로는 다 표현할 수 없는 신비로운 음들이 바람에 녹아들듯이 그리고 스며들듯이 묻어왔습니다.

청년은 오싹해서 몸을 떨었습니다.

잠자코 음악을 듣고 있자니 그 주변이 온통 노랗고 연한 초록의 환한 들판인지 양탄자인지가 펼쳐지고 새하얀 밀랍 같은 이슬들이 태양의 얼굴을 스쳐 지나가는 것 같았습니다.

"어머, 까마귀다!"

캄파넬라 옆에 앉아 있는 가오루라는 여자아이가 외쳤습니다.

"까마귀 아니야! 모두 까치야."

캄파넬라가 무심코 꾸짖듯 대꾸하는 바람에 조반니도 얼떨결에 웃고, 여자아이는 겸연쩍어했습니다. 강가의 푸르스름한 불빛 위로 새까만 새떼가 한가득 내려와 늘어앉아서는 꼼짝 않고 희미한 강물의 빛을 받고 있었습니다.

"까치네요. 머리 뒤에 털이 빳빳하게 솟아 있는 걸 보니."

청년은 분위기를 바꾸려는 듯 말했습니다.

저 멀리 푸른 숲속의 삼각표가 열차 코앞으로 바싹 다가왔습니다. 그때 열차 뒤편 멀리서 귀에 익은 ○○번 찬미가의 구절이 들려왔습니다. 꽤 많은 사람이 합창하고 있는 것 같았습니다. 순간 청년은 안색이 창백해지더니 그쪽으로 가려다 말고 생각을 바꿔 다시 앉았습니다. 가오루는 아예 손수건을 얼굴에 대고 있었습니다. 조반니까지 왠지 코가 찡해왔습니다. 그런데 언제랄 것도, 누구랄 것도 없이 따라 부르기 시작한 노래는 점점 크고 힘차졌습니다. 어느새 조반니와 캄파넬라도 함께 노래를 불렀습니다.

보이지 않는 하늘 강 맞은편으로 푸른 올리브 나무숲이 가물가물 빛나며 점점 멀어져 가고, 거기에서 흘러나오던 신비로운 악기 소리도 열차가 달리는 소리와 바람 소리에 묻혀 어느덧 점점 희미하게 사라져 갔습니다.

"어, 공작새가 있어!"

"응응. 정말 많네."

여자아이가 맞장구쳤습니다.

조반니는 이미 작디작아져 초록 조개 단추 하나만큼의 크기로 보이는 숲 위로, 공작새가 재빠르게 날개를 폈다 오므렸다 하며 때때로 푸르스름하게 반사하는 빛을 보았습니다.

"아, 맞아. 공작새 소리도 아까 들렸어."

캄파넬라가 가오루에게 말했습니다.

"그래. 분명 서른 마리는 있었어. 하프 소리처럼 들린 게 다 공작새가 내는 소리였어."

여자아이가 대답했습니다.

조반니는 갑자기 뭐라고 말할 수 없는 슬픔에 자기도 모르게 얼굴이 굳어져 '캄파넬라 여기에 내려서 놀다 가자.'

라고 화난 얼굴로 말할 뻔했습니다.

강은 두 줄기로 나뉘어 있었습니다. 그 캄캄한 섬의 한가운데에 높디높은 전망대 하나가 서 있고 그 꼭대기엔 힐링한 옷에 빨간 모자를 쓴 남자가 서 있었습니다. 양손에 빨간 깃발 파란 깃발을 쥐고 하늘을 올려다보며 신호를 보내고 있었습니다. 그 사람은 쉴 새 없이 빨간 깃발을 흔들고 있었습니다. 그러다 갑자기 빨간 깃발을 내려 뒤로 감추더니 파란 깃발을 높이 쳐들고 마치 오케스트라 지휘자처럼 미친 듯이 흔들었습니다. 그러자 하늘에서 쏴아, 빗소리가 나더니 새카만 뭔가가 수없이 떼 지어 총알처럼 강 건너편으로 날아갔습니다. 조반니는 자기도 모르게 몸을 창밖으로 반쯤 내민 채 그쪽을 올려다보았습니다. 너무도 깨끗한 연보라색 텅 빈 하늘 아래로 그야말로 수만 마리의 작은 새들이 무리 지어 제각각 바삐 지저귀며 지나가는 것이었습니다.

"새떼가 날아가고 있네."

조반니가 창밖으로 몸을 내민 채 말했습니다.

"어디?"

캄파넬라도 하늘을 쳐다보았습니다. 그 순간 아까 그 전망대 위에서 헐렁한 옷을 입은 남자가 별안간 빨간 깃발을 쳐들고 미친 듯이 흔들었습니다. 그러자 갑자기 새떼가 일제히 멈춤과 동시에, 철퍼덕! 찌부러지는 소리가 강 하류 쪽에서 들리더니 잠시 후엔 아주 고요해졌습니다. 그때 빨간 모자를 쓴 신호지기가 또다시 파란 깃발을 흔들며 소리쳤습니다.

"지금 건너야 해. 새들아! 건너가. 지금 빨리!"

그 소리가 똑똑히 들렸습니다. 그와 동시에 수많은 새떼가 하늘을 직선으로 날기 시작했습니다. 조반니와 캄파넬라가 얼굴을 내밀고 있는 차창 가운데로 여자아이도 얼굴을 내밀고는 예쁜 뺨을 반짝이며 하늘을 올려다보았습니다.

"새들이 참 많기도 하지? 와아! 하늘이 참 예쁘다."

여자아이가 조반니에게 말을 걸었지만, 조반니는 여자아이가 건방지다 생각하며 말없이 하늘만 올려다보았습니다. 여자아이는 작게 한숨을 호 쉬더니 잠자코 제자리로 돌아갔습니다. 캄파넬라는 안됐다는 표정으로 창문 안으로 얼굴을 들이고 지도를 보고 있었습니다.

"저 사람, 새를 길들이는 거야?"

여자아이가 살짝 캄파넬라에게 물었습니다.

"철새에게 신호를 보내는 거야. 분명, 어딘가에서 봉화를 올리고 있기 때문일 거야…."

캄파넬라는 별로 자신이 없는 듯 대답했습니다. 어느새 열차 안은 쥐 죽은 듯 조용해졌습니다. 조반니는 이젠 얼굴을 창 안으로 집어넣고 싶었지만 밝은 곳에 얼굴을 보이는 것이 괴로워 가만히 그대로 선 채 휘파람을 불고 있었습니다.

'난 왜 이렇게 슬픈 걸까. 좀 더 맑고 넓은 마음을 가져야 해. 저기 강기슭 건너편 아주 멀리서 연기처럼 작고 파란 불빛이 보이네. 저건 정말로 고요하고 차가워. 난 저걸 따라서 마음을 가라앉혀야지'

조반니는 열이 나서 지끈거리는 머리를 양손으로 감싸 쥐고 그쪽을 바라다보았습니다.

'아아, 정말 어디까지 어디까지라도 나와 함께 갈 사람은 없는 걸까? 캄파넬라까지도 저런 여자아이와 재미있게 이야기하고 있는 걸 보니까 난 정말 괴로워.'

조반니의 눈에 눈물이 그렁그렁 맺혀 하늘 강이 멀어져 버린 듯 희끄무레 보이기만 했습니다. 열차는 점점 강에서 멀어져 절벽 위를 오르고 있었습니다. 건너편의 새카만 강기슭

절벽 또한 하류로 갈수록 점점 높아져 갔습니다. 언뜻 옥수수나무가 보였습니다. 잎이 둘둘 말려 작아진 잎사귀 밑으로 커다랗고 예쁜 초록색 옥수수자루가 보였습니다. 자루엔 빨간 수염이 달려 있고, 진주 같은 옥수수 알갱이도 살짝 보였습니다. 옥수수나무가 점점 많아지더니 이젠 절벽과 선로 사이에 줄지어 다가왔습니다. 조반니가 창 안으로 얼굴을 들이고 무심코 건너편 창을 보았을 때 상큼한 하늘의 들판 끝까지 온통 커다란 옥수수나무밭이 보였습니다. 옥수수나무들이 바람에 사르륵사르륵 흔들리고, 멋지게 꼬부라진 잎사귀 끝에는 낮 동안 햇살을 한껏 머금은 이슬이 다이아몬드처럼 가득 맺혀 빨강이나 초록빛으로 타오르며 반짝이고 있었습니다. 캄파넬라가 "저거, 옥수수잖아!" 하고 조반니에게 말을 걸어도 조반니는 여전히 기분이 풀리지 않아 뚱하니 들판을 보면서 "그래." 하고 말았습니다. 그러는 사이 열차 소리가 점점 작아지더니 몇 개의 신호등과 선로전환 신호등을 지나서 작은 정거장에 멈췄습니다.

정면에 있는 푸르스름한 시계는 정각 두 시를 가리키고, 바람도 불지 않고 열차도 움직이지 않는 너무도 조용한 들판 한가운데서 시계추는 째깍째깍 정확하게 움직이고 있었습니다.

그리고 그 시계추 소리 사이로 먼 들판으로부터 들릴 듯 말 듯 희미한 선율이 실처럼 가늘게 들려오는 것이었습니다.

"신세계 교향곡이다."

여자아이가 혼잣말하듯 이쪽을 보면서 말했습니다. 검은 양복을 입은 키 큰 청년도, 다른 사람들도 모두 열차 안에서 달콤한 꿈을 꾸고 있었습니다.

'이렇게 조용하고 좋은 데서 왜 나는 더 즐거워할 수 없는 걸까. 왜 나만 이렇게 쓸쓸한 걸까. 그런데 캄파넬라도 너무했어. 나랑 함께 열차에 타 놓고 저런 여자아이랑만 이야기하잖아. 난 정말 너무 괴로워.'

조반니는 또다시 두 손으로 얼굴을 반쯤 가리고 건너편 창밖을 가만히 바라보았습니다. 투명한 유리처럼 맑은 호각 소리가 들리더니 열차는 조용히 움직이기 시작하고 캄파넬라도 쓸쓸한 듯 휘파람으로 '별 순례 노래'를 불렀습니다.

"그러니까, 음, 이 주변은 아주 높은 고원이지요."

뒤쪽에서 누군가 노인인듯한 사람이 막 잠에서 깨어난

듯 생기 있게 이야기하는 소리가 들렸습니다.

"옥수수는 60센티 정도 구멍을 파서 씨를 뿌리지 않으면 대가 나지도 않아요."

"그래요? 강이 제법 멀리 있나 봐요."

"그렇지요. 강까지는 60에서 180미터가량 됩니다. 이제 곧 심한 협곡이 나타날 거예요."

'그래, 여긴 콜로라도 고원일지도 몰라.'

조반니는 문득 그런 생각이 들었습니다. 캄파넬라는 아직도 쓸쓸하게 혼자 '별 순례 노래'를 휘파람 불고 있고 여자아이는 비단처럼 빛나고 사과처럼 발그레한 얼굴로 조반니와 같은 곳을 바라보고 있었습니다. 갑자기 옥수수나무가 뒤로 사라지고 넓고 검은 들판이 펼쳐졌습니다. 지평선 끝으로부터 신세계 교향곡이 더욱 선명하게 들려오고, 그 검은 들판 속에서 인디언 하나가 달려왔습니다. 머리에는 하얀 새 깃털로 장식하고 팔과 가슴에 많은 장식 돌을 달고서는 조그만 활에 화살을 메기며 쏜살같이 열차를 따라오는 것이었습니다.

"저기, 인디언이에요. 인디언! 봐요."

검은 양복을 입은 청년도 눈을 떴습니다. 조반니와 캄파넬라도 일어서셨습니다.

"달려와요. 봐요! 달려오네요. 열차를 따라오나 봐요."

"아니. 열차를 따라오는 게 아닙니다. 사냥하거나 춤을 추는 거지요."

청년은 지금 자기가 어디에 와 있는지 잊어버린 듯이 뒷주머니에 손을 넣고 일어서면서 말했습니다.

언뜻 보면 인디언은 반쯤 춤추고 있는 것 같기도 했습니다. 설령 달린다고 해도 달리는 모양새를 봐서는 시늉만 하는 것 같기도 하고 진짜로 달리는 것 같기도 했습니다. 별안간 새하얀 깃털이 앞으로 기울어지는가 싶더니 인디언이 그대로 멈춰 서고는 재빠르게 하늘을 향해 활을 쏘았습니다. 그러자 학 한 마리가 한들한들 떨어지고, 인디언이 달려가두 팔을 벌리고 그것을 받았습니다. 인디언은 기쁜 듯이 웃으며 서 있었습니다. 그리고 학을 들고 이쪽을 보고 있는 인디언의 그림자도 점점 작아지며 멀어지고, 전봇대의 애자 두 개가 연이어 반짝거리는가 싶었는데 또 옥수수밭으로 바뀌었습니다. 이쪽 창으로 보니 열차는 정말 아주 높은 절벽 위를 달리고 있고 골짜기 밑에는 환하게 빛나는 넓은 강이 흐르고 있었습니다.

"자, 이제 여기부터는 내리막입니다. 이번에는 단번에 저 강물까지 내려가니까 그리 만만치 않아요. 경사가 이렇게 높으니 열차가 반대편에서 이쪽으로는 절대로 못 와요. 봐요! 벌써 점점 빨라지고 있지요."

아까 그 노인인 듯한 사람이 말했습니다.

점점 열차는 빠르게 내려갔습니다. 절벽 가장자리를 달릴 때는 강물이 훤히 들여다보였습니다. 조반니도 기분이 점점 밝아졌습니다. 열차가 작은 오두막 앞을 지날 때였습니다. 오두막 앞에서 한 아이가 쓸쓸히 이쪽을 보는 순간에는, "아아!" 하고 자기도 모르게 탄식했습니다.

열차는 점점 더 빨리 달려갔습니다. 열차 안의 사람들은 몸이 반쯤 뒤로 쏠리면서도 의자를 단단히 붙잡고 있었습니다. 조반니는 저도 모르게 그만 캄파넬라와 웃었습니다. 그리고 하늘 강도 여태까지 격렬하게 흘러온 듯 열차 바로 옆을 반짝거리며 흐르고 있었습니다. 연붉은 패랭이꽃이 여기저기 피어 있고 열차는 겨우 진정된 듯 천천히 달리고 있었습니다.

건너편과 이쪽 강기슭에는 별 모양과 곡괭이가 그려진 깃발이 서 있었습니다.

"저건 무슨 깃발일까?"

그제야 조반니가 물었습니다.

"글쎄 모르겠어. 지도에도 없거든. 쇠로 만든 배가 있네."

"그러게."

"다리를 만드는 것 아닐까?"

여자아이가 말했습니다.

"그래, 저건 공병(工兵)의 깃발이야. 다리 놓는 연습을 하는 거야. 그런데 공병들의 모습이 안 보여."

그때 건너편 강기슭에서 좀 떨어진, 보이지 않는 하류 쪽에서 하늘의 강물이 번쩍 빛나며 기둥처럼 높이 솟아오르더니 '콰르릉' 하는 엄청난 소리가 들렸습니다.

"발파야. 발파."

캄파넬라가 뛸 듯이 기뻐했습니다.

기둥처럼 솟아오른 물은 사라지고 커다란 연어와 송어가 공중으로 튀어 올라 배를 하얗게 반짝거리며 원을 그리고는 다시 물속으로 떨어졌습니다. 조반니도 뛰어오를 듯 기분이 가벼워져서 말했습니다.

"하늘의 공병부대야. 거봐. 송어 같은 게 저런 식으로 솟아오른 거네. 이렇게 신나는 여행은 처음이야. 정말 멋져."

"저 송어는 가까이에서 보면 이 정도 크기는 될 거야. 물고기가 엄청 많아. 이 강물 속에는."

"작은 물고기도 있을까?"

여자아이도 이야기에 호기심을 보이며 물었습니다.

"그럼, 있겠지. 큰 게 있으니까 작은 것도 있겠지. 지금은 너무 머니까 작은 게 안 보였어."

조반니는 기분이 완전히 좋아져서 재미있다는 듯 웃으며 여자아이에게 대답했습니다.

"저건 분명 쌍둥이별님의 궁전이야."

남자아이가 갑자기 창밖을 가리키며 소리쳤습니다.

오른쪽 나지막한 언덕 위에 수정으로 만든 듯한 작은 궁전 두 개가 나란히 서 있었습니다.

"쌍둥이별님의 궁전이라니, 그게 뭐야?"

"전에 엄마에게 여러 번 들었어. 수정으로 만든 작은 궁전 두 개가 나란히 서 있는 걸 보니 틀림없어."

"얘기해 봐. 쌍둥이별님에게 무슨 일이 있었는데?"

"그건, 나도 알아. 쌍둥이별님이 들에 놀러 가서 까마귀와 싸웠대."

"아니야. 그건 말이야, 엄마가 그랬는데 하늘 강 기슭에서 말이야…"

"그래서 혜성이 '규규' 하고 소리 내며 오는구나."

"아니야, 다다시. 그건 다른 이야기야."

"그러면 저기서 지금 피리를 불고 있는 거야?"

"지금은 바다에 가 있지."

"아니야, 벌써 바다에서 올라오셨어."

"그래그래. 내가 알고 있어. 내가 말해줄게."

강 건너편 기슭이 갑자기 붉어졌습니다. 버드나무며 주변의 것들이 새까맣게 비쳐 보이고 보이지 않던 하늘 강의 물결도 이따금 반짝거리는 바늘처럼 붉게 빛났습니다. 건너편 강기슭 들판에서 타오르는 커다랗고 새빨간 불의 검은 연기는 연보라색 차가운 하늘까지도 그을릴 것 같았습니다. 그 불은 루비보다도 붉고 투명하게, 리튬보다도 파랗고 황홀하게 타오르고 있었습니다.

"저건 대체 무슨 불일까? 무얼 태우길래 저토록 붉게 빛 날까?"

조반니가 중얼거렸습니다.

"전갈의 불이지."

캄파넬라가 다시 지도에 머리를 바짝 가져다 대며 대답 했습니다.

"어머, 전갈의 불이라면 나도 아는데."

"전갈의 불이라니 무슨 말이야?"

조반니가 물었습니다.

"옛날에 전갈이 불에 타서 죽었대. 그 불이 지금도 타고 있다고 아빠가 얼마나 자주 말했는지 몰라."

"전갈이라면 곤충?"

"맞아. 전갈은 곤충이지만 착한 곤충이야."

"전갈은 착한 곤충이 아니야. 박물관에서 알코올에 담겨 있는 걸 봤어. 선생님이 그러셨는데 꼬리에 이런 갈고리가 있는데 거기에 찔리면 죽는대."

"맞아. 그래도 전갈은 착한 곤충이야. 아빠가 이렇게 말했어. 옛날 발드라 들판에 전갈 한 마리가 있었는데 작은 곤충 같은 것을 잡아먹고 살았대. 그러던 어느 날 족제비 눈에 띄어 잡아먹힐 상황이 됐대. 전갈은 죽을힘을 다해 도망갔지만 결국 족제비에게 붙잡히게 된 거야. 그 순간 우물이 갑자기 앞에 나타나 거기로 떨어지게 되었대. 아무리 버둥거려도 올라갈 수 없었던 전갈은 점점 물에 빠지고 있었대. 그때 전갈은 이렇게 기도했대.

'아아 난 지금까지 얼마나 많은 목숨을 빼앗았던가. 그런 내가 이렇게 족제비에게 잡히게 되자 얼마나 죽자사자 도망쳤던가. 결국, 이렇게 되어 버렸네. 아아, 이젠 다 끝났어. 왜 난 족제비에게 순순히 목숨을 내주지 않았을까? 그랬으면 족제비도 하루를 잘 버텼을 텐데. 하느님! 내 마음을 살펴 주소서. 이렇게 헛되이 목숨을 버리는 일 없이 다음에는 아무쪼록 진정 모두의 행복을 위해서 이 내 몸을 써주시길 바라옵니다.'

그랬더니 어느덧 전갈 자신의 몸이 새빨갛고 영롱한 불이 되어 밤의 어둠을 밝히고 있더래. 지금도 타오르고 있다고 아빠가 그랬어. 틀림없이 저 불은 전갈의 불이야."

"맞아. 봐봐. 저 삼각표는 꼭 전갈 모양으로 늘어서 있
잖아."

조반니는, 그 커다란 불 저쪽에 있는 세 개의 삼각표는
마치 전갈의 다리처럼, 그리고 이쪽 다섯 개의 삼각표는 전
갈의 꼬리나 갈고리처럼 반짝이는 것을 보았습니다. 그 새빨
갛고 몹시 영롱한 전갈의 불은 소리도 없이 환하게 타오르는
것이었습니다.

전갈의 불이 점점 뒤로 멀어져 가면서 여러 소리가 들리
기 시작했습니다. 뭐라 형용할 수 없을 정도로 다양한 음악
소리, 풀꽃 향기 같은 휘파람 소리 그리고 사람들의 시끌벅
적한 소리가 들렸습니다. 아주 가까운 마을 같은 곳에서 축
제라도 하는 것 같았습니다.

"켄타우로스! 이슬을 내려줘!"

조반니 옆에서 방금까지 자고 있던 남자아이가 건너편
창을 보면서 갑자기 외쳤습니다.

아! 거기에는 초록 가문비나무와 전나무가 크리스마스
트리처럼 서 있고, 그 나무들엔 수많은 꼬마전구가 달려 마
치 수천 마리 반딧불이가 모여 있듯이 켜져 있었습니다.

"아, 그래. 오늘 밤은 켄타우로스 축제지."

"오, 여기는 켄타우로스 마을이야."

캄파넬라가 말했습니다.

(공백)

"난 공을 던졌다 하면 절대로 빗나가지 않아."

남자아이가 으스대며 말했습니다.

"이제 곧 남십자성 역이에요. 내릴 준비하세요."

청년이 남매에게 말했습니다.

"싫어. 나 열차 조금만 더 탈래."

남자아이가 말했습니다. 캄파넬라 옆에 앉은 여자아이
는 불안해하며 어쩔 수 없이 일어서서 내릴 준비를 하지만,
여자아이도 조반니와 캄파넬라와 헤어지기 싫어하는 것 같
았습니다.

"여기서 내려야 해."

청년은 굳게 다문 입술로 남자아이를 내려다보며 말했
습니다.

"싫어, 싫어! 나 열차 조금만 더 탈래."

조반니가 보다 못해 말했습니다.

"우리와 함께 타고 가자. 우리에게는 어디든지 갈 수 있는 열차표가 있어."

"하지만, 이제 우린 여기서 내려야만 해. 여기가 하늘로 가는 길이니까."

여자아이가 서운한 듯 말했습니다.

"하늘엔 안 가도 되잖아. 우리가 여기서 하늘나라보다 더 좋은 곳을 만들어야 한다고 선생님이 그러셨어."

"하지만 거기에 엄마도 계시고 하느님도 그렇게 말씀하시니까."

"그렇게 말하는 하느님은 가짜야."

"너네 하느님이 가짜야."

"그렇지 않아."

"그럼 그대의 하느님은 어떤 하느님이죠?"

청년은 웃으면서 말했습니다.

"사실 난 잘 몰라요. 어쨌든 진짜인 단 한 분의 하느님이에요."

"진짜 하느님은 당연히 한 분이시죠."

"아니 그런 말이 아니고, 오로지 한 분인 진짜 진짜 하느님 말예요."

"그러니까 말입니다. 나는 머지않아 그 진짜 하느님 앞에서 그대가 우리와 만나길 기도할게요."

청년이 경건하게 두 손을 모았습니다. 여자아이도 똑같이 손을 모았습니다. 모두 정말로 헤어지기 싫은 듯 안색도 안 좋아 보였습니다. 조반니는 자칫하면 소리 내어 울 뻔했습니다.

"자, 이제 준비됐지? 곧 남십자성 역이야."

아아, 바로 그때였습니다. 보이지 않는 하늘 강 저 멀리 하류에, 파랑과 주황 그리고 다양한 빛으로 꾸며진 십자가가 한 그루의 나무처럼 강 한가운데 서서 빛나고 있었습니다. 그 위에서는 푸르스름한 구름이 고리처럼 후광을 발하고 있었습니다. 열차 안이 갑자기 술렁거렸습니다. 모두 북쪽 십자가를 보았을 때처럼 똑바로 서서 기도하기 시작했습니다. 여기저기에서 아이들이 참외를 먹으려고 달려들 때처럼 기뻐하는 소리와 뭐라 말할 수 없는 깊은 경탄 소리만 들렸습니다. 그리고 십자가가 점점 창 정면으로 다가오는데 사과 속처럼 푸른 고리 모양의 구름이 십자가 위를 느릿느릿 돌고 있는 것도 보였습니다.

"할룰레야. 할룰레야."

모두가 외치는 밝고 경쾌한 기도 소리가 울려 퍼지고, 저 차가운 하늘 끝 아주 멀리서 뭐라 표현할 수 없이 맑은 나팔 소리가 들려왔습니다. 그리고 열차는 많은 신호기와 전등 불빛 속을 천천히 달리다가 드디어 십자가 앞에 멈췄습니다.

"자, 내리자."

청년은 남자아이의 손을 끌어당기며 입구 쪽을 향해 걸어갔습니다.

"그럼 안녕!"

여자아이가 뒤돌아 조반니와 캄파넬라를 보며 말했습니다.

"잘 가!"

조반니는 울음이 나오는 걸 참으며 일부러 화난 듯 뚱하니 대답했습니다. 여자아이는 몹시 괴로운 듯 눈을 크게 뜨고 한 번 더 이쪽을 돌아다보더니 그대로 나가 버렸습니다.

열차 안은 이제 자리가 절반도 더 비어서 갑자기 휑하여 쓸쓸해지고 바람까지 휙 불어닥쳤습니다.

보니 모두 경건하게 열을 맞추고 십자가 앞 하늘 강 둔치에서 무릎을 꿇고 있었습니다. 조반니와 캄파넬라는 성스러운 흰옷을 입은 사람이 손을 내밀며 보이지 않는 하늘 강을 건너 이쪽으로 오고 있는 것을 보았습니다. 하지만 그때 유리 호각이 울리고, 열차가 움직이나 보다 생각한 순간, 은빛 안개가 강 하류에서 스르르 밀려왔습니다. 이제 그쪽은 아무것도 보이지 않게 되었습니다. 수많은 호두나무만 잎을 눈부시게 반짝거리며 안개 속에 서 있고 금빛 후광을 띤 전기 다람쥐가 귀엽게 얼굴을 내밀고 할긋할긋 보고 있을 뿐이었습니다.

스르르 안개가 걷히기 시작했습니다. 어디론가 이어지는 길인 듯 꼬마전등이 일렬로 켜진 거리가 나타났습니다. 그 길은 한동안 선로를 따라 이어져 있었습니다. 그리고 조반니와 캄파넬라가 그 전등 불빛 앞을 통과할 때 그 작은 연두색 불빛이 인사라도 하듯이 싹 꺼졌다가 거기를 지나자 다시 켜지는 것이었습니다.

뒤돌아보니 아까 보았던 십자가가 아주 조그맣게 보여 그대로 가슴에 달 수도 있을 것 같았습니다. 그 여자아이와 청년이 그 하얀 강가에 아직 무릎을 꿇고 있는지, 아니면 도통 어디가 어딘지 알 수 없는 그 하늘나라에 갔는지 주위가 뿌예서 도무지 알아볼 수 없었습니다.

"아아!"

조반니는 탄식했습니다.

"캄파넬라, 결국 우리 둘만 또 남게 되었어. 우리 어디까지 어디까지라도 함께 가자. 난 정말이지, 모두의 행복을 위해서라면 저 전갈처럼 내 몸 따위는 수백 번이라도 태울 수 있어."

"나도 그래."

캄파넬라의 눈에 맑은 눈물이 고였습니다.

"그렇지만 진정한 행복이란 과연 뭘까?"

조반니가 물었습니다.

"모르겠어."

캄파넬라는 자신 없게 대답합니다.

"우리가 제대로 해내 보자."

조반니는 가슴 가득 새로운 힘이 솟아올라 '훅' 숨을 내쉬며 말했습니다.

"아, 저기는 석탄 자루야. 하늘 구멍이야."

캄파넬라가 그쪽을 약간 피하듯 하면서 하늘 강 한곳을 가리켰습니다. 조반니는 그쪽을 보고 가슴이 덜컥 내려앉았습니다. 하늘 강 한곳에 커다랗고 캄캄한 구멍이 뻥 뚫려 있는 것이었습니다. 그 속이 얼마나 깊은지 그 안에는 무엇이 있는지 아무리 눈을 비비고 살펴보아도 아무것도 보이지 않고, 그저 눈이 시리고 아프기만 했습니다. 조반니가 말했습니다.

"나 이제, 저렇게 커다랗고 시커먼 어둠 속이라도 무섭지 않아. 꼭 모두의 진정한 행복을 찾으러 갈 거야. 어디까지 어디까지라도 우리 함께 가자!"

"그래, 꼭 그러자. 아아, 저쪽 들판은 어쩜 저리도 예쁠까. 모두 모여 있어. 저쪽이 정말 하늘나라야. 봐봐! 저기 우리 엄마도 있어!"

캄파넬라는 갑자기 멀리 창밖으로 보이는 예쁜 들판을 가리키며 소리쳤습니다.

조반니도 그쪽을 보았지만 희끄무레할 뿐 도무지 캄파넬

라가 말한 것처럼 보이지는 않았습니다. 뭐라 말할 수 없는 쓸쓸한 기분이 들어 우두커니 보고 있는데, 건너편 강기슭에 전봇대 두 개가 빨간 가로대를 연이어 보이며 양쪽에서 팔짱을 낀 것처럼 서 있었습니다.

"캄파넬라, 우리 함께 가는 거야!"

조반니가 이렇게 말하면서 뒤돌아본 순간, 지금까지 캄파넬라가 앉았던 자리는 이미 비어 있고, 캄파넬라도 보이지 않고 단지 까만 벨벳 좌석 시트만 빛날 뿐이었습니다. 조반니는 총알처럼 벌떡 일어났습니다. 창밖으로 몸을 빼내고선 아무도 듣지 못하도록 가슴을 쿵쿵 치고 소리지르며 목 놓아 울기 시작했습니다. 벌써 그 근처가 완전히 캄캄해졌다고 느꼈습니다.

조반니는 눈을 떴습니다. 아까 그 언덕 풀숲에서 지쳐 잠들었던 것입니다. 가슴이 왠지 뜨거워졌고 뺨에는 차가운 눈물이 흘러내렸습니다.

조반니는 벌떡 일어났습니다. 마을 아래는 아까 본 그대로 많은 등불이 달려 있는데 그 빛이 아까보다 뜨겁게 느껴졌습니다. 방금 꿈에서 보았던 하늘 강도 여전히 좀 전대로 희끄무레하게 빛나고 새카만 남쪽 지평선 위는 더욱더 부옇게 보였습니다. 그 오른쪽으로는 붉은 전갈자리별이 예쁘게 빛나고 있고 하늘 전체 모습은 그다지 바뀌어 보이지 않았습니다.

조반니는 쏜살같이 언덕을 내려갔습니다. 아직 저녁도 먹지 않고 자신을 기다리고 있을 엄마 생각으로 가득 찼기 때문입니다. 시커먼 소나무숲을 지나고 희끄무레한 목장 울타리를 지나고 아까 들어갔던 입구를 지나 어둑한 외양간 앞으로 다시 왔습니다. 거기에는 방금 누군가가 돌아온 듯 아까는 없었던 수레에 나무통 두 개가 실려 있었습니다.

"계세요?"

조반니가 불렀습니다.

"네."

통 넓은 흰 바지를 입은 사람이 바로 나왔습니다.

"무슨 일인가요?"

"오늘, 우리 집에 우유가 안 왔어요."

"아이고, 미안해요."

그 사람은 곧바로 안으로 들어가서 우유 한 병을 갖고 나와 조반니에게 주면서 말했습니다.

"정말 미안해요. 오늘은 내가 깜박해서 점심때 송아지 울타리를 열어 놓는 바람에 우리 송아지가 재바르게 엄마 소의 젖을 절반이나 먹어 버렸어요."

그렇게 말하며 그 사람은 웃었습니다.

"아, 네. 우유 잘 갖고 갈게요."

"네네, 아무튼 미안해요."

"아니에요."

조반니는 아직 따스한 우유병을 두 손으로 감싸 쥐고 목장 울타리를 나왔습니다.

나무가 서 있는 길을 지나 큰길로 조금만 더 걸어가면 네거리였습니다. 그 오른쪽으로 좀 떨어진 곳에, 아까 캄파넬라와 친구들이 등불을 떠내려 보내던 강이 있었습니다. 그 강의 다리 위로 밤하늘 속에 커다란 망루가 서 있는 게 어렴풋이 보였습니다.

그런데 네거리 모퉁이와 가게 앞에서 여자아이들이 일고여덟 명씩 모여 다리 쪽을 보면서 무언가 소곤거리고 있었고, 다리 위는 온통 등불로 가득했습니다.

조반니는 왠지 가슴이 싸하며 선뜩해져 허겁지겁 근처 사람들에게 외치듯 물어보았습니다.

"무슨 일 있어요?"

"아이가 물에 빠졌다는구나."

한 사람이 말하자 다른 사람들이 일제히 조반니를 쳐다 보았습니다. 조반니는 정신없이 다리로 달려갔습니다. 다리 위에는 사람들이 많아서 강물이 잘 보이지 않았습니다. 흰옷 을 입은 경찰도 와 있었습니다.

조반니는 다리 옆에서 넓은 강기슭으로 훌쩍 뛰어내렸 습니다.

강기슭의 물가를 따라 많은 불빛이 분주하게 오가고 있 었습니다. 건너편 기슭의 어두운 곳에서도 불빛 예닐곱 개가 움직이고 있었습니다. 쥐참외등을 떠내려 보낸 잿빛 강이 희 미한 소리를 내며 가만히 흘러가고 있었습니다.

새카만 어둠 속에서도 강기슭의 가장 아래쪽 모래섬에 사람들이 서 있는 모습이 또렷하게 보였습니다. 조반니는 그 쪽으로 쏜살같이 달려갔습니다. 조반니는 좀 전까지 캄파넬라와 함께 있던 마르소와 딱 마주쳤습니다. 마르소가 조반니에게로 뛰어왔습니다.

"조반니! 캄파넬라가 물에 뛰어들었어."

"왜? 언제?"

"자넬리가 배 위에서 쥐참외등을 강물이 흐르는 쪽으로 밀어 보내려다, 배가 흔들려서 물에 빠져 버렸어. 그러자 캄파넬라가 곧바로 뛰어든 거야. 캄파넬라가 자넬리를 배 쪽으로 떠밀어 올린 걸 가토가 붙잡았어. 그런데 나중에 보니까 캄파넬라는 안 보이는 거야."

"다들 찾고 있는 거지?"

"그럼, 모두 바로 달려왔어. 캄파넬라의 아버지도 오셨어. 그렇지만 캄파넬라를 찾지 못하고 있어. 자넬리는 집으로 데려갔대."

조반니는 사람들이 있는 곳으로 갔습니다. 그곳에는 뾰족한 턱에 창백한 얼굴을 한 캄파넬라의 아버지가 학생들과 마을 사람들에게 둘러싸여 있었습니다. 카파넬라의 아버지는 검은 옷을 입고 똑바로 서서 오른손에 쥐고 있는 시계를 응시하고 있었습니다.

모두 꼼짝 않고 강을 보고 있었는데 누구 하나 입을 열지 않았습니다. 조반니는 다리가 마구 후들거렸습니다. 물고기를 집을 때 쓰는 아세틸렌 램프가 분주하게 오가고 검은 강물은 잔물결을 일으키며 졸졸 흘러가는 게 보였습니다.

강 하류에는 온통 은하수가 비쳐서, 흐르는 강이 아니라 하늘 그 자체 같았습니다.

조반니는 캄파넬라가 이제 저 은하 끝에 있는 것 같아 견딜 수가 없었습니다.

사람들은 캄파넬라가 "나, 제법 멀리 헤엄쳐서 갔다 왔지." 하고 말하면서 물속 어딘가에서 올라오거나, 어딘지 모르는 모래섬에 도착해서 누군가가 구하러 오기를 기다리고 있다고 아직 믿고 있는 것 같았습니다. 갑자기, 캄파넬라의 아버지가 단호한 음성으로 말했습니다.

"이젠 다 틀렸어요. 물에 빠진 지 사십오 분이 지났어요."

조반니는 자기도 모르게 박사인 캄파넬라의 아버지 앞으로 달려가서 '난 캄파넬라가 간 곳을 알고 있어요. 캄파넬라와 함께 갔었거든요.' 하고 말하려다 목이 메어 아무 말도 못 했습니다. 그러자 박사는 조반니가 인사하러 왔다고 여겼는지 잠시 조반니를 찬찬히 보더니 감정을 추스르고 정중하게 인사했습니다.

"네가 조반니? 얘야, 오늘 밤 일은 고맙구나."

조반니는 아무 말도 못 하고 그저 머리만 숙여 인사를 했습니다.

"너희 아버지는 벌써 와 계시지?"

박사는 여전히 시계를 꽉 쥔 채 또 물어보았습니다.

"아니요."

조반니는 힘없이 고개를 저었습니다.

"어떻게 된 거지? 나한테는 그저께 아주 활기찬 내용의 편지가 왔었어. 오늘쯤이면 도착할 때가 되었을 텐데. 배가 늦어졌나? 조반니! 내일 방과 후, 친구들과 우리 집에 놀러 오렴."

박사는 그렇게 말하면서 은하가 한가득 비친 강을 가만히 다시 응시하고 있었습니다.

조반니는 이런저런 일로 가슴이 벅차 아무 말도 못 하고 박사 앞을 떠났습니다. 빨리 엄마에게 우유를 갖다 주고 아버지가 돌아온다는 소식을 알려 주고 싶은 마음에 쏜살같이 강가를 지나 마을을 향해 달려갔습니다.

돌배

이은숙 역

산골의 작은 시냇물을 찍은 두 장의 파란 슬라이드 필름입니다.

첫 번째 사진 - 5월

꼬마 게 두 마리가 파르스름한 물속에서 이야기하고 있었습니다.

"크람봉*이 웃었어."
"크람봉이 푸하하 푸하하 웃었어."
"크람봉이 뛰어오르며 웃었어."
"크람봉이 푸하하 푸하하 웃었어."

옆이나 위나 파랗고 검은 것이 강철처럼 보였습니다. 그 부드러운 천장 위로 방울방울 짙은 거품이 떠내려갔습니다.

---

* 미야자와 겐지가 지어낸 이름으로 확실히 무엇을 지칭하는 알 수 없다.

"크람봉이 웃고 있어."

"크람봉이 푸하하 푸하하 웃었어."

"그런데 크람봉이 왜 웃는 걸까?"

"몰라."

방울방울 거품이 떠내려갔습니다. 꼬마 게들도 뽀글뽀글 대여섯 방울 거품을 내뿜었습니다. 거품이 흔들리며 수은처럼 빛을 내고 뽀글거리며 물결을 따라 비스듬히 위로 올라갔습니다.

물고기 한 마리가 은색 배를 스윽 뒤집으며 머리 위로 지나갔습니다.

"크람봉이 죽었어."

"크람봉을 죽였어."

"크람봉이 죽어 버린 거지…."

"죽인 거야."

"왜 죽인 걸까."

형 게가 오른쪽 다리 네 개 중 두 개를 동생 게의 납작한
머리 위에 올리며 물었습니다.

"몰라."

물고기가 다시 스윽 돌아와 하류로 내려갔습니다.

"크람봉이 웃었어."
"웃었어."

갑자기 확 밝아지며 마치 꿈처럼 황금빛 햇살이 물속으
로 쏟아졌습니다.

물결이 만들어 낸 빛 그물이 바닥의 하얀 바위에서 예쁘
게 흔들거리며 늘어났다 줄어들었다 합니다. 거품이나 작은
부유물들이 만든 그림자 막대가 물속에 비스듬히 줄지어 서
있습니다.

물고기가 이번에는 물속에 비친 황금빛 햇살을 마구 흩

어 버리더니 거무스름한 색깔을 띠면서 또다시 물을 거슬러
올라갔습니다.

　"물고기는 왜 왔다 갔다 하는 걸까?"

　동생 게가 눈이 부신 듯 눈을 깜박거리며 말했습니다.

　"무슨 나쁜 짓을 하는 거야, 잡고 있어."
　"잡아?"
　"응."

　물고기가 상류에서 또 돌아왔습니다. 이번에는 천천히,
지느러미도 꼬리도 움직이지 않고 가만히, 흐르는 물을 따라
주둥이를 동그랗게 만들고는 내려왔습니다. 물고기의 그림
자가 개울 바닥의 빛 그물 위로 조용히 미끄러져 갔습니다.

　"물고기가…."

그때였습니다. 갑자기 천장에 하얀 거품이 일더니, 파랗게 빛나며 번쩍거리는 대포알 같은 것이 첨벙 뛰어들었습니다.

형 게는 그 파란 물체의 끝이 컴퍼스처럼 뾰족하고 새까만 것을 똑똑히 보았습니다. 그러는 순간에 물고기가 반짝거리는 하얀 배를 뒤집으며 위로 올라간 것 같았습니다. 하지만 그러고는 파란 물체도 물고기의 모습도 보이지 않았습니다. 황금 햇살의 빛 그물이 흔들거리고 방울방울 거품만 떠갔습니다.

형 게와 동생 게는 아무 말도 못 하고 얼어붙었습니다.
아빠 게가 나왔습니다.

"무슨 일이야? 부들부들 떨고 있잖아."
"아빠, 방금 이상한 게 왔어."
"어떻게 생겼어?"
"파랗고 빛이 나. 끝이 이렇게 새까맣고 뾰족해. 그리고 그게 오니까 물고기가 위로 올라갔어."

"그놈 눈이 빨갛던?"

"몰라."

"흠, 그놈은 새야. 물총새지. 안심해! 우리는 안 건드리니까."

"아빠, 물고기는 어디로 갔어?"

"물고기? 물고기는 무서운 곳으로 갔어."

"무서워, 아빠."

"그래그래, 괜찮아, 걱정하지 마. 아, 자작나무 꽃잎이 떠내려왔어. 봐봐, 예쁘지?"

거품도, 하얀 자작나무 꽃잎도 천장 한가득 떠내려왔습니다.

"아빠, 무서워요."

동생 게가 말했습니다.

빛 그물은 흔들리며 늘어났다 줄어들었다 하고, 꽃잎 그림자는 가만히 모래 위로 미끄러져 갔습니다.

두 번째 사진 - 12월

꼬마 게들은 어느새 제법 자랐고, 개울 바닥 경치도 여름에서 가을로 넘어가면서 완전히 달라졌습니다.

만질만질한 하얀 조약돌이 굴러왔고 뾰족뾰족한 수정 알갱이와 반짝이는 금빛 모래도 흘러왔습니다.

그 차가운 개울 바닥까지 레몬주스병 같은 달빛이 가득 비쳤습니다. 천장에서는 물결이 만드는 푸르스름한 불꽃이 일어났다 사라졌다 하는 것 같고, 주위는 조용하고 아주 멀리서 물결 소리가 울릴 뿐이었습니다.

꼬마 게들은 너무나도 달이 밝고 물이 맑아 자지 않고 밖으로 나왔습니다. 가만히 거품을 내뿜고 천장 쪽을 한참 올려다보았습니다.

　"거봐, 내 거품이 더 크네."

　"형, 억지로 크게 내뿜고 있잖아. 나도 크게 만들려면 더 크게 만들 수 있어."

　"뿜어 봐. 겨우 그 정도? 자 봐, 형이 해볼 테니 잘 봐! 어때, 크지?"

　"별로야, 똑같잖아."

　"가까우니까 네 것이 더 커 보이는 거야. 그럼 같이 뿜어 보자. 자 봐."

　"역시 내 것이 더 큰걸."

　"정말? 그럼 한 번 더 해 볼게."

　"안 돼, 그렇게 까치발 들면."

　이때 아빠 게가 나왔습니다.

"어서 자야지, 늦었어. 내일 이사도*에 데려갈게."

"아빠, 누구 거품이 더 커?"

"그야 형 거지."

"아니야. 내 것이 더 크다니까."

동생은 금방이라도 울 것 같았습니다.

그때였습니다.

'첨벙'

검고 둥글고 커다란 것이 천장에서 떨어져 쑤욱 가라앉았다가 다시 위로 올라갔습니다. 황금색 얼룩이 반짝반짝 빛났습니다.

"물총새다!"

* 작가가 만든 지명이다.

꼬마 게들은 목을 움츠렸습니다.

아빠 게는 쌍안경 같은 두 눈을 한껏 빼내고 찬찬히 살펴보더니 말했습니다.

"아니야. 저건 돌배야. 떠내려가네. 따라가 보자. 아아, 냄새 좋다!"

달빛을 받은 물속은 온통 돌배의 향긋한 냄새로 가득했습니다.

세 마리의 게는 둥실둥실 떠가는 돌배 뒤를 따라갔습니다.

세 마리의 게와 개울 바닥의 검은 그림자 셋이 합쳐져 모두 여섯이서 춤을 추듯 돌배의 둥근 그림자를 따라가고 있었습니다.

얼마 안 가서 물은 졸졸대며 흘렀고 천장의 물결은 더욱더 파란 불꽃을 태웠습니다. 돌배는 옆으로 기울어 나뭇가지에 걸려 멈추었습니다. 그 위로 달빛 무지개가 아롱아롱 모여들었습니다.

"어때? 역시 돌배였지? 잘 익었네. 향기 좋다!"
"맛있겠다. 아빠."
"안 돼! 기다려 봐. 이틀만 더 기다리면 돌배는 아래로 가라앉을 거야. 그리고 저절로 맛있는 술이 될 거야. 자, 이제 가서 자자. 따라와."

아빠 게와 아들 게 둘, 이렇게 세 마리는 자기들 구멍으로 돌아갔습니다.
물결은 더욱 푸르스름하게 빛나며 너울거렸습니다. 마치 금가루를 뿌리고 있는 것처럼.

우리들의 슬라이드 감상은 이것으로 마칩니다.

요다카의 별

이은숙 역

요다카는 참 못생긴 새였습니다.

얼굴은 여기저기 된장이 묻은 것처럼 지저분하고 납작한 주둥이는 귀까지 쭉 찢어졌습니다.

다리는 비실비실해서 몇 걸음도 제대로 못 걸었습니다.

이제 다른 새들은 요다카의 얼굴을 보는 것조차 싫어할 정도였습니다.

종달새만 해도 별로 예쁘지도 않으면서 요다카보다는 훨씬 낫다고 생각했는지 저녁에 요다카를 만나면 정말 보기 싫다는 듯 눈을 꾹 감으면서 고개를 돌렸습니다. 쪼그만 수다쟁이 새들은 언제나 요다카의 면전에서 흉을 보았습니다.

"흥, 또 나왔네. 아이고, 저 꼴 좀 봐! 정말 새 망신은 다 시키네."

"저 큰 입 좀 보라고. 틀림없이 개구리 친척쯤 될 거야."

이런 식이었습니다. 아! 만일 요다카*라는 이름에서 보여주듯 요다카가 진짜 매였다면, 이런 어중간한 새들은 그의

---

*　요다카는 밤을 나타내는 요루(よる)에 매를 나타내는 다카(たか)를 합친 말이다.

이름을 듣는 것만으로도 벌벌 떨고 낯빛이 바뀌었겠죠. 그리고 재빠르게 피해 나뭇잎 그늘에라도 숨었을 것입니다. 그런데 사실을 말하자면 요다카는 매의 형제도 친척도 아니었습니다. 오히려 요다카는 예쁜 물총새나, 새들의 보석이라 할 수 있는 벌새의 형뻘이었습니다. 벌새는 꽃의 꿀을 따 먹고 물총새는 물고기를, 요다카는 날벌레를 잡아먹고 살았습니다. 그런데 요다카에겐 날카로운 발톱도 부리도 없었으니 아무리 약한 새라도 요다카를 무서워할 리가 없었던 거죠.

그런데 신기하게도 요다카란 이름에 매(鷹) 자가 붙은 이유가 뭐냐고요? 그건 요다카의 날개가 무척 강해서 바람을 가르고 날 때에 마치 매처럼 보였기 때문이었습니다. 또 우는 소리가 날카로워 어딘지 매와 비슷했기 때문이었죠. 당연히 매는 이 점이 굉장히 거슬렸습니다. 그래서 요다카를 보기만 하면 어깨에 힘을 주고 강요했습니다.

"빨리 이름 안 바꿔? 빨리 바꾸라니까!"

어느 날 저녁, 결국 매가 요다카의 집으로 찾아왔습니다.

"이봐. 집에 있었나? 아직도 이름을 안 바꿨어? 자네도 어지간히 염치가 없군. 자네와 나는 품격이 아예 달라. 난 푸른 하늘 그 어디라도 날 수 있네. 자네는 흐리고 어둑해지거나 밤이 아니면 나오지도 못하잖아. 게다가 내 부리와 발톱을 자네와 비교해 보란 말이야."

"매님! 그건 너무 무리에요. 제 이름은 제가 멋대로 붙인 게 아닙니다. 신께서 주신 이름입니다."

"그건 아니지. 내 이름이라면 신께 받았다 해도 되겠지만, 자네 이름은 나와 밤, 양쪽에서 따온 거잖아. 자, 어서 돌려주게나!"

"매님! 그건 무리입니다."

"아니야. 내가 좋은 이름을 가르쳐 주지. 이치조*라고 하는 거야. 이치조! 알겠어? 좋은 이름이잖아. 이름을 바꾸려면 개명을 공표해야겠지. 알겠어? 그건 말이야, 목에 이치조라고 쓴 이름표를 걸고 '제 이름은 이제부터 이치조입니다.' 하며 모두에게 인사하고 다니는 거야."

"절대로 그렇게는 못 합니다!"

"아니야, 할 수 있어. 그렇게 해야만 해! 만일 모레 아침

---

* 이치조는 서민의 흔한 이름이다.

118

까지 네가 그렇게 하지 않으면 바로 죽여 버리겠어. 그러니 알아서 해! 나는 모레 아침 일찍, 새들을 일일이 찾아가 자네가 다녀갔는지 물어볼 테니. 한 집이라도 들리지 않은 집이 있다면 네놈도 그땐 끝이야.”

“하지만 그건 너무 하지 않습니까? 그래야 한다면 차라리 죽는 편이 낫습니다. 지금 바로 죽여주십시오!”

“그러지 말고 천천히 잘 생각해 보게. 이치조는 그리 나쁜 이름이 아니야.”

매는 커다란 날개를 활짝 펴고 자신의 둥지 쪽으로 날아갔습니다.

요다카는 가만히 눈을 감고 생각했습니다.

‘도대체 왜 모두 날 이렇게 싫어하는 걸까? 얼굴은 된장을 바른 것 같고 입은 찢어져서겠지. 그렇다 해도 이제껏 아무것도 잘못한 게 없는데…. 한 번은 아기 동박새가 둥지에서 떨어지길래 구해서 둥지까지 데려다주었지. 그랬더니 동박새는 마치 아기를 훔친 사람에게서 되찾아 가기라도 하듯이 내게서 아기 동박새를 확 채 갔어. 그리곤 나를 심하게 꾸짖었어. 게다가 아아! 이번엔 이치조라는 이름표를 머리에

걸라니…. 너무 괴로워.'

　주변은 이미 어둑해졌습니다. 요다카는 둥지에서 날아
갔습니다. 구름이 험상궂은 빛을 띠우고 낮게 드리워져 있었
습니다. 요다카는 구름을 아슬아슬하게 스치며 소리 없이 하
늘을 날았습니다.

　그리고 갑자기 입을 크게 벌리고 날개를 곧게 펴고선 활
처럼 하늘을 가로질렀습니다. 작은 날벌레가 수없이 수없이
목 안으로 들어왔습니다.

　요다카는 땅에 닿을 듯이 날다가 다시 하늘을 향해 휙 날
아올랐습니다. 벌써 구름은 잿빛이 되었고 건너편 산에는 산
불이 새빨갰습니다.

　요다카가 힘껏 날 때는 마치 하늘이 둘로 쪼개지는 것 같
았습니다. 장수풍뎅이 한 마리가 요다카의 목 안으로 들어와
몹시 버둥거렸습니다. 요다카는 그것을 꿀떡 삼키긴 했지만,
순간 왠지 등골이 오싹해졌습니다.

　구름은 이미 시커먼데 동쪽만 산불로 벌겋게 보여 무서
웠습니다. 요다카는 가슴이 미어지는 것을 느끼며 다시 하늘
로 날아 올라갔습니다.

또 장수풍뎅이 한 마리가 요다카의 목 안으로 들어오더니 요다카의 목 안을 할퀴며 푸드덕거렸습니다. 요다카는 그것을 억지로 삼킨 순간 갑자기 가슴이 철렁해져 엉엉 울기 시작했습니다. 울면서 하늘을 빙빙 돌았습니다.

'아아, 장수풍뎅이며 수많은 날벌레가 매일 밤 내게 잡아먹혔어. 이번엔 겨우 나 하나만 매에게 죽임을 당하면 그만일 뿐인데…. 그게 이렇게도 괴롭다니. 아아! 괴롭다, 괴로워! 더는 벌레를 잡아먹지 말고 굶어 죽어야지. 아니, 그러기 전에 매가 나를 죽이겠지. 차라리 그 전에 하늘 저편으로 멀리 가 버려야지.'

산불은 점점 물처럼 번져 구름도 빨갛게 타고 있는 것 같았습니다.

요다카는 곧바로 동생 물총새의 집으로 날아갔습니다. 예쁜 물총새도 때마침 일어나 먼 산에 난 산불을 보고 있던 참이었어요. 그리고 요다카가 온 것을 보고 물었습니다.

"형, 안녕! 무슨 급한 일이라도 있어요?"

"그런 건 아니고, 내가 이번에 멀리 가게 돼서, 그 전에 잠깐 만나러 왔어."

"형! 가면 안 돼요! 벌새도 저렇게 멀리 있고, 내가 외톨이가 되잖아요."

"그게 말이야, 어쩔 수 없어. 오늘은 아무 말도 하지 말아 줘. 그리고 넌 꼭 잡아야 하는 경우 말고는 함부로 물고기를 잡지 마. 알았지? 그럼 간다!"

"형! 무슨 일 있어요? 어, 잠깐만 기다려 줘요."

"아니야, 더 있어 봐야 마찬가지야. 벌새에게는 나중에 안부 전해 줘. 안녕! 이제 못 만나. 안녕!"

요다카는 울면서 자신의 집에 돌아갔습니다. 짧은 여름 밤이 벌써 밝아 오고 있었습니다.

고사리 잎이 새벽안개를 마시고 파리하게 떨었습니다. 요다카는 꺽꺽 큰 소리로 울었습니다. 그리곤 둥지 안을 깔끔하게 정리하고 온몸의 털을 깨끗하게 다듬고선 다시 둥지에서 날아올랐습니다.

안개가 걷히자 마침 해님이 동쪽에서 떠올랐습니다. 요다카는 어질어질할 정도로 눈이 부신 걸 꾹 참고 해님을 향해 활처럼 날아갔습니다.

"해님! 해님! 부디 나를 당신 있는 곳으로 데려가 주세요.

타 죽어도 상관없어요. 저같이 못생긴 놈일지라도 탈 때는 작게나마 빛나겠지요? 제발 저를 데려가 주세요."

가도 가도 해님은 가까워지지 않았습니다. 오히려 점점 더 작아지고 멀어지는 해님이 말했습니다.

"넌 요다카구나! 그래, 무척 괴롭겠지. 오늘 밤, 하늘을 날아가, 별에게 상담해 보렴. 너는 낮의 새는 아니니까."

요다카는 인사를 했다고 생각한 그 순간 갑자기 어질어질하여 들판 풀섶 위로 털썩 떨어지고 말았어요. 그러곤 마치 꿈속에 있는 듯했습니다. 몸이 붉은 별과 노란 별 사이로 쭉 올라가 멀리 바람에 날리기도 하고 매가 와서 잡아채는 것 같기도 했습니다.

갑자기 차가운 게 얼굴로 떨어졌습니다. 요다카는 눈을 번쩍 떴어요. 어린 삼나무 잎에서 이슬이 떨어진 것이었습니다. 이젠 밤이 깊어져 검푸른 하늘엔 온통 별들이 반짝이고 있었어요. 요다카는 하늘로 날아올랐습니다. 오늘 밤도 산불은 새빨갰습니다. 요다카는 그 희미한 불빛과 차가운 별빛 속을 날아다녔습니다. 다시 한 번 더 날아올랐습니다. 그리곤 굳게 마음먹고 서쪽 하늘의 예쁜 오리온자리를 향해 곧바로 날아가며 외쳤습니다.

"별님! 서쪽에 있는 푸르스름한 별님. 제발 당신 있는 곳에 가게 해 주세요. 타 죽어도 괜찮아요!"

오리온은 씩씩한 노래를 부르면서 요다카의 말 따윈 아예 상대해 주지 않았어요. 요다카는 금방이라도 울음이 터질 것 같은 얼굴로 비실비실 떨어지다 겨우 멈추고는 한 번 더 날아올랐습니다. 이번에는 남쪽 큰개자리 쪽으로 똑바로 날아가며 외쳤습니다.

"별님! 남쪽에 있는 파란 별님! 부디 저를 당신 있는 곳에 가게 해 주세요. 타 죽어도 상관없어요."

큰개자리는 끊임없이 파랑, 보라, 노랑 빛을 예쁘게 반짝이며 말했습니다.

"바보 같은 소리! 네까짓 게 도대체 뭐야! 고작 새 따위가. 네 날개로는 여기까지 억 년? 조 년? 아니 억조 년도 더 걸려."

그러고는 외면해 버렸어요.

요다카는 맥이 빠져 비실비실 떨어지다 두 번을 빙 돌았습니다. 그러곤 또 결심한 듯 북쪽 큰곰자리로 똑바로 날아가며 외쳤습니다.

"북쪽에 있는 별님! 당신이 있는 곳으로 부디 저를 가게 해 주세요."

큰곰자리는 조용히 말했습니다.

"쓸데없는 생각 말고 좀 진정해! 그럴 땐 빙산이 떠 있는 바닷속으로 뛰어들거나 주변에 바다가 없다면 얼음물 담긴 컵 속에나 박히는 게 딱 이야."

요다카는 맥이 풀려 비실비실 떨어지다 네 번이나 하늘을 다시 빙 돌았어요. 그리고 동쪽에서 지금 막 나온 은하수 저편의 독수리자리에게 한 번 더 외쳤습니다.

"동쪽에 있는 하얀 별님! 제발 저를 당신 있는 곳에 가게 해 주세요. 타서 죽어도 괜찮습니다."

독수리자리는 거드름을 피우며 말했습니다.

"안 돼! 절대로, 절대로! 그건 말도 안 되는 소리야! 별이 되려면 상당한 신분이 아니면 될 수 없어. 그리고 돈도 꽤 든단 말이야."

요다카는 이젠 힘이 다 빠져 버려 날개를 접고 땅으로

떨어졌습니다. 30센티만 더 떨어지면 그 약한 다리가 땅에 닿으려고 할 순간, 요다카는 갑자기 봉화처럼 하늘로 날아올랐습니다. 마치 독수리가 곰을 덮칠 때처럼 하늘 속으로 들어가서 힘차게 몸을 흔들며 털을 곤추세웠습니다.

그리고 크게 크게 외쳤어요.

"꺼억 꺼억 꺼억 꺼억"

그 소리는 마치 매의 소리 같았어요. 들과 숲에서 자고 있던 모든 새가 잠에서 깨어나 덜덜 떨면서 도대체 무슨 일인가 하고 별이 총총한 밤하늘을 올려다보았습니다.

요다카는 끝없이 끝없이 하늘을 향해 곧장 올라갔습니다. 이제 산불은 담배꽁초 정도 크기로 보였습니다. 요다카는 오르고 또 올랐어요.

추워서, 숨 쉴 때마다 내쉰 김이 가슴에 하얗게 얼어붙었어요. 공기가 부족해서 날개를 쉼 없이 파닥거려야 했어요.

그런데도 별의 크기는 아까와 조금도 달라지지 않았어요. 숨을 풀무처럼 빠르게 내쉬었습니다. 추위와 서리에 요다카의 몸은 칼에 에이는 듯했죠. 이젠 날개도 완전히 마비되었습니다. 요다카는 눈물이 그렁그렁한 채 다시 한 번 하늘을 올려다보았습니다. 그렇습니다. 이게 요다카의 마지막이었어요. 이젠 요다카는 떨어지고 있는지 날고 있는지 거꾸로인지 위를 향하고 있는지 알 수 없었어요. 다만 마음만은 편했죠. 피 묻은 커다란 부리는 옆으로 구부러져 있지만 분명 조금 웃고 있는 것 같았어요.

잠시 후 요다카는 눈을 번쩍 떴어요. 그러곤 지금 자신의 몸이 혼불처럼 푸르고 아름다운 빛으로 조용히 타고 있는 것을 보았습니다.

바로 옆에는 카시오페이아자리가 있었어요. 은하수의 푸르스름한 빛이 그 바로 뒤에서 비치고 있었습니다.

요다카의 별은 계속 타올랐습니다. 끝없이 끝없이 타올랐습니다.

지금도 여전히 타오르고 있습니다.

바람의 아들, 마타사부로(又三郎)

김미숙 역

휙 휘익 휘이잉 휘이이잉

파란 호두도 날려 버려라

시큼한 모과도 날려 버려라

휙 휘익 휘이잉 휘이이잉

다니가와강 기슭에 작은 학교가 있었습니다.

교실은 하나였지만 학생은 삼 학년만 없을 뿐 일 학년부터 육 학년까지 모두 있었습니다. 운동장은 겨우 테니스장만 했고 바로 뒤에는 밤나무가 있는 아담한 산과 운동장 구석에는 팡팡 시원한 물을 뿜어내는 바위 구멍도 있었습니다.

상쾌한 9월 1일 아침이었습니다. 파란 하늘에 시원하게 바람이 불고 운동장엔 햇살이 가득했습니다. 검은색 통바지를 입은 일 학년 두 아이가 제방을 돌아 운동장으로 들어왔습니다.

"우와, 우리가 일등이야. 제일 빨리 왔어!"

아직 아무도 오지 않은 것을 보고 신이 난 두 아이는 번갈아 소리를 지르며 문 안으로 들어왔습니다. 그러나 살짝 교실 안을 들여다본 순간 두 아이는 너무 놀란 나머지 그 자리에 말뚝처럼 서고 말았습니다. 이내 서로의 얼굴을 마주 본 채로 몸을 벌벌 떨기 시작했고 한 아이는 결국 울음을 터 트리고 말았습니다. 고요한 아침, 교실 안에 어디에서 왔는 지 모를 빨간 머리카락의 처음 보는 이상한 아이가 제일 앞 책상 의자에 앉아 있었기 때문입니다. 그 책상은 울음을 터 트린 아이의 책상이었던 것입니다.

　다른 한 아이도 금방이라도 울음을 터뜨릴 것 같았습니 다. 그러나 억지로 눈물을 참으며 눈을 똥그랗게 뜨고 그쪽 을 노려보았습니다. 마침 그때 강가 쪽에서 "포도가 왔어요 탱글탱글 맛있는 포도 탱글탱글 달콤한 포도…." 하는 큰 소 리가 들렸습니다. 그리고 이어서 가스케가 큰 까마귀처럼 가 방을 안고 웃으며 운동장으로 달려왔습니다. 뒤이어 사타로 와 고스케 등이 우르르 몰려왔습니다.

　"쟤 왜 울어 네가 울린 거야?"

　가스케가 울음을 참고 있는 아이의 어깨를 잡으며 물었 습니다. 그러자 그 아이도 아앙 하고 울음을 터트리고 말았 습니다. 모두들 이상하다고 여기며 주위를 둘러보았습니다. 그리고 교실 안에 빨간 머리의 이상한 아이가 아무렇지 않은 듯 반듯하게 의자에 앉아 있는 것이 눈에 들어왔습니다.

그 순간 주위는 조용해졌고 뒤이어 여자 아이들도 무리를 지어 들어왔지만 아무도 뭐라 말하는 이가 없었습니다.

빨간 머리 소년은 전혀 무서워하는 기색 없이 의자에 똑바로 앉은 채 말없이 칠판을 보고 있었습니다. 그때 육 학년인 이치로 가 왔습니다. 이치로는 마치 어른처럼 천천히 성큼성큼 다가와 모두를 살피며 물었습니다.

"무슨 일이야?"

그 자리에 있던 아이들은 그제야 왁자하게 떠들며 교실 안에 있는 이상한 아이를 손으로 가리켰습니다. 이치로는 잠시 그쪽을 보다가 곧바로 가방을 꼭 끌어안고 성큼성큼 창가 쪽으로 걸어갔습니다. 활기를 되찾은 다른 아이들도 이치로를 뒤따라갔습니다.

"넌 누군데 남의 교실에 앉아 있는 거야?"

이치로는 창문에 매달려 교실 안으로 얼굴을 내밀며 물었습니다.

"이렇게 쾌청한 날 교실에 있으면 선생님한테 혼나."

창문 아래서 고스케가 말했습니다.

"선생님한테 혼나도 난 몰라."

가스케가 말했습니다.

"빨리 나와, 나오라고!"

이치로가 말했습니다. 그러나 그 아이는 두리번거리며
교실 안과 모두의 얼굴을 보기만 할 뿐, 여전히 손을 무릎에
올려놓은 채 반듯하게 앉아 있었습니다.

도대체 그 모습부터가 정말이지 이상했습니다. 헐렁한
회색 윗도리에 하얀색 반바지를 입었고 거기에 빨간색 가죽
단화를 신고 있었습니다. 게다가 얼굴은 마치 잘 익은 사과
처럼 발그레했고, 눈은 유난히 동그랗고 까맸습니다. 말이
전혀 통하지 않는 것 같아 이치로도 몹시 난감했습니다.

"쟤는 외국사람인가 봐."

"전학 온 걸까?"

제각기 왁자하게 떠들며 말했습니다. 그런데 그때 오 학
년인 가스케가 갑자기 소리쳤습니다.

"아, 삼 학년이 전학 오나 봐."

"맞아, 맞아."

저학년 아이들은 그 말에 맞장구를 쳤지만 이치로는 말

없이 고개를 갸웃했습니다. 이상한 아이는 역시나 두리번거리며 이쪽을 보기만 할 뿐 자리에 앉아 있었습니다.

그때 바람이 휙 불었습니다. 교실의 모든 유리창이 덜컹덜컹 소리를 냈고 학교 뒷산의 억새와 밤나무도 모두 이상하게 파르르 흔들렸습니다. 교실 안에 있던 아이는 어쩐지 씩 웃는 것 같더니 조금 움직였습니다.

그때 가스케가 큰 소리로 외쳤습니다.

"아, 알았다. 저 아이는 바람신의 아들 마타사부로야*."

모두가 그런가 하고 생각할 때에 갑자기 뒤에서 고로가 소리를 질렀습니다.

"아야, 아프단 말이야!"

아이들이 그쪽을 돌아보자 고스케에게 발가락이 밟힌 고로가 몹시 화를 내며 고스케를 마구 때리고 있었습니다.

"아악, 자기가 잘못해 놓고 왜 남을 때려?"

고스케도 화가 나서 고로를 때리려고 했습니다.

---

* 니가타(新潟県)에서 동북지방에 걸쳐 부는 바람신을 '바람의 사부로(風の三郎)'라고 부르는 것에서 연유했다.

고로는 눈물범벅이 된 얼굴로 고스케에게 달려들었습니다. 그러자 이치로가 사이에 끼어들었고 가스케도 고스케를 말렸습니다.

　"싸우면 교무실로 불려가는 거 몰라!"

　그렇게 말하면서 다시 교실 쪽을 쳐다본 이치로는 갑자기 멍한 표정을 지었습니다.

　방금까지 교실에 있던 그 이상한 아이가 자취도 없이 사라진 것입니다. 마치 어렵게 친구가 된 망아지가 멀리 달아나거나 힘들게 잡은 곤줄박이가 날아가 버린 것처럼 아이들은 허탈한 마음이 들었습니다.

　또다시 바람이 불어 와 유리창을 덜컹덜컹 흔들었고, 학교 뒷산의 억새를 점점 위쪽으로 파리하게 물결을 일으키며 지나갔습니다.

　"야, 너희들이 싸우니까 마타사부로가 없어졌잖아."

　가스케가 화를 내며 말했고, 모두는 그 말이 옳다고 생각했습니다. 고로는 미안한 마음에 발이 아픈 것도 잊어버리고 풀이 죽어 어깨를 움츠렸습니다.

　"역시, 그 아이는 바람의 아들, 마타사부로였어."

"니햐쿠토오카*인 오늘 왔잖아."

"구두를 신고 있었어."

"옷도 입고 있었어."

"머리도 빨갛고, 정말 이상한 녀석이었어."

"저것 봐, 마타사부로가 내 책상 위에 돌을 올려놓고 갔어."

이 학년 아이가 말했습니다. 그 아이의 책상을 보니 정말 흙 묻은 돌 하나가 올려져 있었습니다.

"맞아. 저기 유리도 깨져 있어."

"아니야. 그건 방학 전에 가스케가 깬 거야."

"내가 언제 그랬다고 그래!"

그런 말들을 주고받고 있을 때 이게 어찌된 일일까요. 현관에서 나와 번쩍번쩍 빛나는 호루라기를 오른손에 들고 집합시킬 준비를 하고 있는 선생님 바로 뒤에 조금 전의 빨간 머리 소년이 하얀 모자를 쓰고 마치 사자탈**의 꼬리를 들고

---

* 절기 중 하나로 입춘으로부터 210일째 되는 날. 주로 9월 1일경으로 태풍이 지나가거나 바람이 강한 날이라고 하나 반드시 그렇지는 않다.

** 일본에서는 16세기 초부터 정월이 되면 악귀를 몰아내고 기근과 질병을 물리치기 위해 사자탈을 쓰고 '사자춤'을 춘다.

나오는 아이처럼 선생님의 뒤를 따라 성큼성큼 걸어오고 있었던 것입니다. 아이들은 얼이 빠진 듯 멍하니 쳐다보았습니다.

"선생님, 안녕하세요."

"선생님, 안녕하세요."

이치로가 겨우 인사를 하자 모두 따라서 인사를 할 뿐이었습니다.

"얘들아 안녕! 다들 건강해 보이는 구나. 그럼 한 줄로 서 보자."

선생님이 호루라기를 휙 불었습니다. 그 소리는 계곡을 넘어 산으로 울려 퍼졌다가 다시 휙 하고 낮은 소리로 되돌아왔습니다.

아이들은 모든 것이 방학 전과 똑같다는 생각을 하면서 육 학년 한 명, 오 학년 일곱 명, 사 학년 여섯 명, 일이 학년 열두 명이 학년 별로 길게 줄을 섰습니다.

이 학년 여덟 명과 일 학년 네 명이 먼저 나란히 줄을 섰습니다. 그러는 동안 그 이상한 아이는 뭐가 웃기고 재미있는지 입꼬리를 올려 삐딱하게 입을 다문 채 흘깃흘깃 모두를 보면서 선생님 뒤에 서 있었습니다.

"다카다, 이쪽으로 오너라."

선생님은 다카다를 불러 오 학년 학생들이 서 있는 곳으로 데리고 가 가스케와 키를 재본 후 가스케와 키요 사이에 세웠습니다. 모두 뒤를 돌아 말없이 그 모습을 지켜보았습니다.

선생님은 다시 현관 앞으로 돌아와 구령을 외쳤습니다.

"앞으로 나란히."

아이들은 다시 한 번 '앞으로 나란히'를 하며 똑바로 줄을 맞추었습니다. 하지만 사실은 그 이상한 아이가 어떻게 하는지 보고 싶어서 번갈아 가면서 그쪽을 돌아보거나 곁눈질로 훔쳐보았습니다. 그 아이는 '앞으로 나란히'라는 것도 잘 알고 있는지 자연스럽게 양팔을 앞으로 뻗었습니다. 그 손끝이 가스케의 등에 닿을락 말락 했기 때문에 가스케는 어쩐지 등이 간지러운 것처럼 근질근질했습니다.

"바로."

선생님이 다시 구령을 했습니다.

"일 학년부터 차례대로 앞으로 가!"

일 학년이 걸어가기 시작했고 그 뒤를 이어 이 학년 학생들이 모두의 앞을 빙 돌아 신발장이 있는 오른쪽 입구로 들어갔습니다. 사 학년 아이들이 걸어가자 그 이상한 아이도 가스케의 뒤를 따라 씩씩하게 걷기 시작했습니다. 앞서 간 아이들은 가끔 힐끔거리며 뒤를 돌아보았고 뒤에 남은 아이들도 유심히 그 아이를 지켜보았습니다.

아이들은 모두 신발을 신발장에 넣고 교실로 들어와 운동장에서 줄을 섰을 때처럼 학년 별로, 한 줄로 책상에 앉았습니다. 그러고는 이내 떠들기 시작했습니다.

"봐, 내 책상에 돌이 들어 있어."

"이것 봐, 내 책상이 바뀌었어."

"야, 너희들 생활통지표 가지고 왔냐? 난 깜빡 잊고 그냥 왔어."

"나, 연필 좀 빌려줘. 빨리."

"안 돼. 내 공책 돌려 줘."

그때 선생님이 들어왔기 때문에 아이들은 떠들면서도 일단 자리에서 일어났습니다.

이치로가 뒤에서 구령했습니다.

"경례!"

모두 인사를 하는 동안은 잠시 조용해졌지만 다시 와글와글 떠들기 시작했습니다.

"조용히, 모두 조용히 하도록."

선생님이 말했습니다.

"쉿. 에쓰지 시끄러워. 가스케, 기코 조용히 해!"

제일 뒤에서 이치로가 심하게 떠드는 아이들을 한 명씩 호명하며 주의를 주었습니다.

모두 조용해졌습니다.

선생님이 말했습니다.

"여러분 여름방학 재미있게 보냈나요? 아침부터 수영도 하고, 숲에선 솔매만큼이나 크게 소리를 지르기도 하고, 또 풀 베러 가는 형들을 따라 뒷산에도 가고 즐겁게 보냈죠? 그러나 어제로 방학은 끝났어요. 이제 2학기가 시작되는 가을입니다. 예로부터 가을은 몸과 마음을 다잡고 공부하기에 가장 좋은 계절이라고 해요. 그러니 여러분도 오늘부터 다 함께 열심히 공부하기로 해요.

그리고 이번 방학 동안 여러분의 친구가 한 명 늘었어요.

바로 저기 있는 다카다 군이에요. 다카다의 아버지는 이번에 회사 일로 우에노 노하라에서 일하게 됐어요. 이전엔 홋카이도에서 학교를 다녔는데 오늘부터는 여러분과 친구가 되었으니 모두 학교에서 공부할 때도, 또 밤 주우러 가거나 물고기를 잡으러 갈 때도 다카다도 함께 다니도록 해요. 알았죠? 그렇게 할 사람, 손 들어 보세요."

모두 바로 손을 들었습니다. 그 다카다라는 아이도 번쩍 손을 들었기 때문에 선생님은 슬며시 웃음이 났습니다.

"선생님과 약속했으니 손을 내리도록 하세요."

그러자 불이 사그라지듯이 모두 일제히 손을 내렸습니다.

그때 가스케가 바로 손을 들어 말했습니다.

"선생님."

"왜 그러니."

선생님은 가스케를 손으로 가리켰습니다.

"다카다의 이름은 뭐예요?"

"다카다 사부로란다."

"와, 대단한 걸. 그것 봐, 역시 바람신의 아들이야."

가스케가 손뼉을 치며 책상에서 춤을 추는 시늉을 했기

때문에 고학년 아이들은 와하고 웃었지만 저학년 동생들은 어쩐지 두려워하는 표정으로 조용히 사부로 쪽을 바라보았습니다.

선생님은 또 말했습니다.

"자, 다들 통지표와 숙제 가지고 왔나요? 가지고 온 사람은 책상 위에 꺼내 놓으세요. 선생님이 걷으러 갈 거예요."

아이들은 부산하게 가방을 열거나 책보를 풀어 생활통지표와 숙제를 책상 위에 올려놓았습니다. 그리고 선생님이 일 학년부터 차례대로 그것을 걷기 시작했습니다. 그때 아이들 모두가 깜짝 놀랐습니다. 교실 뒤에 언제부터였는지 어른이 한 명 서 있었기 때문입니다. 그 사람은 헐렁한 흰색 모시옷을 입고 번들거리는 검은색 리넨을 넥타이처럼 목에 두르고 있었습니다. 손에 하얀 부채를 들고 가볍게 자기 얼굴에 부채질을 하면서 엷은 미소를 띤 채 아이들을 내려다보고 있었던 것입니다. 아이들은 점점 말이 없어지다 나중엔 몸이 완전히 얼어 버렸습니다.

선생님은 그 사람을 별로 의식하지 않고 차례로 통신부를 걷으러 다니다 사부로의 자리까지 왔습니다. 사부로는 통지표나 숙제 대신에 주먹 쥔 양손을 책상 위에 올려놓고 있었습니다. 선생님은 말없이 그곳을 지나갔고, 나머지 학생들의 것을 모아 양손에 들고 다시 교단으로 돌아왔습니다.

"그럼 숙제는 검토해서 다음 토요일에 돌려줄 거예요. 오늘 안 가져온 사람은 내일 꼭 잊지 말고 가져오도록. 에쓰지, 유지, 료사쿠 알았지? 그럼 오늘은 여기까지. 내일부터 수업할 테니 준비 잘해 오도록 하세요. 그리고 사 학년과 육 학년은 오늘 선생님과 교실 청소하자. 이걸로 끝."

"차렷!"

이치로가 구령을 하자 모두 일제히 자리에서 일어섰습니다. 뒤에 있던 어른도 부채를 아래로 내리고 바로 섰습니다.

"경례."

선생님과 학생들이 모두 인사를 했습니다. 뒤에 있던 어른도 가볍게 머리를 숙였습니다. 그리고 저학년 아이들은 후다닥 교실을 뛰쳐나갔고 사 학년 학생들은 아직 청소도 시작하지 않은 채 꾸물꾸물하고 있었습니다. 그때 사부로가 헐렁한 흰옷을 입은 사람에게로 갔습니다. 선생님도 교단을 내려와 그 사람에게 다가갔습니다.

"수고 많으십니다."

그 사람은 정중하게 선생님에게 인사를 했습니다.

"금방 친해질 겁니다. 걱정하지 마세요."

선생님도 인사를 건네며 말했습니다.

"아무쪼록 잘 부탁드립니다. 그럼 저는 이만."

그 사람은 또 깍듯이 인사를 하고 사부로에게 눈짓을 보내고는 현관 쪽을 돌아 밖으로 나가 기다렸습니다. 그러자 사부로는 모두가 보는 가운데 당당하게 말없이 뒤따라 나갔고, 두 사람은 운동장을 지나 강 아래쪽으로 걸어갔습니다.

운동장을 빠져나갈 즈음 그 아이는 이쪽으로 돌아서서 말없이 학교와 아이들을 흘겨본 후 다시 종종걸음으로 흰옷 입은 사람을 따라 걸어갔습니다.

"선생님, 저 사람은 다카다의 아버진가요?"

이치로가 빗자루를 들고 선생님에게 물었습니다.

"그래."

"무슨 일로 오신 거예요?"

"우에노 노하라 초입에 몰리브덴이라는 광석이 발견돼서 그걸 채굴하러 왔다는 구나."

"그곳은 어디쯤이에요?"

"나도 잘은 모르지만 너희들이 항상 말 끌고 다니는 길 있지. 거기서 강 아래로 조금 내려간 곳 같아."

"몰리브덴이 뭐예요?"

"그건 은백색 광택이 나는 금속인데 철과 섞어서 특수강을 만들기도 하고 약을 만들 때도 쓴다는 구나."

"그럼 마타사부로도 그걸 캐나요?"

가스케가 물었습니다.

"마타사부로가 아니야. 다카다 사부로야."

사타로가 말했습니다.

"아니야 마타사부로야, 마타사부로라고!"

가스케는 얼굴까지 벌겋게 열을 올리며 소리쳤습니다.

"가스케, 너도 남았으니 청소나 거들어라."

이치로가 말했습니다.

"싫어. 오늘은 사 학년하고 육 학년이 당번이잖아."

가스케는 부리나케 교실을 빠져나가 도망가 버렸습니다.

바람이 또 불어왔습니다. 유리창이 또다시 덜컹덜컹 소리를 냈고 걸레가 담겨 있는 양동이에도 시커먼 물결이 잘게

일렁였습니다.

　다음날, 이치로는 그 이상한 아이가 오늘부터 정말 학교에 와서 공부할지 어떨지, 빨리 보고 싶은 마음에 평소보다 일찍 가스케의 집으로 갔습니다. 그러나 가스케는 이치로보다 더 궁금했는지 일찌감치 밥도 먹고 책보를 두른 채 집 앞에 나와 이치로를 기다리고 있었습니다. 두 소년은 그 아이에 대해 이런 저런 이야기를 하면서 학교에 왔습니다. 운동장에는 저 학년 아이들이 벌써 예닐곱 명 모여 막대숨기기 놀이를 하고 있었지만 그 아이는 아직 보이지 않았습니다. 또 어제처럼 교실 안에 있을까 하여 안을 들여다보았습니다. 교실 안은 아무도 없이 조용했고, 칠판 위에는 어제 청소할 때 닦았던 걸레 자국이 말라서 하얀 선으로 희미하게 남아 있었습니다.

　"어제 그 아인 아직 안 온 모양이야."

　이치로가 말했습니다.

　"응."

　가스케도 대답하며 교실 안을 둘러보았습니다.

이치로는 다시 철봉대로 가서 가까스로 철봉 위로 올라
간 후 양팔을 움직여 철봉의 오른쪽 끝으로 가 거기에 걸터
앉아 어제 사부로가 간 방향을 말없이 내려다보며 기다렸습
니다. 다니가와강은 햇살을 받아 반짝반짝 빛을 내며 하류로
흘러가고 그 아래로 보이는 산꼭대기는 바람이라도 부는지
가끔 억새가 하얗게 물결을 일으키며 흔들렸습니다.

가스케도 철봉 기둥에 기대어 말없이 그쪽을 바라보며
기다렸습니다. 그러나 두 사람은 그다지 오래 기다릴 필요가
없었습니다. 갑자기 사부로가 저 아래 쪽에서 회색 가방을
오른 팔에 끼고 달려오고 있었기 때문입니다.

"온다!"

이치로가 아래에 있는 가스케에게 엉겁결에 외쳤습니
다. 얼마 후 사부로는 잽싸게 제방을 돌아 성큼성큼 정문으
로 들어왔습니다.

"안녕!"

사부로가 씩씩하게 인사를 했지만 아이들은 그쪽을 돌
아보기만 할 뿐 아무도 대답하는 사람이 없었습니다. 대답을
하지 않는 것이 아니라 이곳의 아이들은 선생님에게는 "안

녕하세요" 하고 인사하도록 배웠지만 서로에게는 "안녕!"이라는 인사를 한 번도 해 본 적이 없었던 것입니다. 사부로의 인사에 이치로와 가스케는 몹시 당황했고, 또 그 당당한 모습에 기가 죽어 이치로도 가스케도 "안녕"이라는 말 대신 우물쭈물 얼버무리고 말았던 것입니다.

사부로는 그런 것에 신경을 쓰지 않고 두세 걸음 앞으로 걸어가더니 가만히 서서 그 까만 눈으로 운동장을 빙 둘러보았습니다. 잠시 같이 놀 아이가 없는지 찾는 것 같았습니다. 아이들은 힐끔힐끔 사부로 쪽을 보기는 해도 역시나 바쁜 척 철봉 뒤로 숨거나 시선을 피하기만 할 뿐 사부로에게 다가가는 사람은 없었습니다. 사부로는 잠깐 멋쩍은 듯 그 자리에 우뚝 서서 운동장을 다시 한 번 둘러보았습니다.

그리고 운동장 넓이를 알아보려는 듯 정문에서 현관까지 큰 걸음으로 걸음 수를 세어 가며 걷기 시작했습니다. 이치로는 얼른 철봉 위에서 뛰어내려 가스케와 함께 숨을 죽이고 그 모습을 지켜보았습니다.

사부로는 맞은편 현관 앞까지 가더니 이쪽으로 몸을 돌려 잠시 암산이라도 하는지 살짝 고개를 숙이고 섰습니다.

아이들은 여전히 힐끔힐끔 그쪽을 보았습니다. 사부로는 약간 심심한 듯 양손을 뒤로 끼고 교무실 앞을 지나 맞은편 제방 쪽으로 걷기 시작했습니다.

그때 바람이 쏴악 불었습니다. 제방의 풀은 술렁이며 물결을 이루었고, 운동장 한 가운데엔 휘익 먼지가 일었습니다. 먼지가 현관 앞까지 굴러가자 빙글빙글 돌면서 작은 회오리바람이 되었고, 그 흙먼지는 거꾸로 엎은 호리병 모양으로 지붕 위로 높게 올라갔습니다.

그러자 가스케가 갑자기 큰 소리로 외쳤습니다.

"내 말이 맞지? 쟤는 역시 마타사부로야. 저 녀석이 무얼 하면 꼭 바람이 분다니까."

"응."

이치로도 어쩜 그럴지 모른다고 생각하면서 말없이 그 아이를 지켜보았습니다. 사부로는 그런 것은 아랑곳하지 않고 제방 쪽으로 씩씩하게 걸어갔습니다.

그때 선생님이 평소처럼 호루라기를 들고 현관으로 나왔습니다.

"안녕하세요."

저학년 아이들이 모두 선생님에게 몰려갔습니다.

"안녕!"

선생님은 잠깐 운동장을 둘러보고 휘리릭 호루라기를
불었습니다.

"한 줄로 서세요."

아이들은 모여서 어제처럼 나란히 줄을 섰습니다. 사부
로도 어제 서라고 했던 자리에 섰습니다.

선생님은 정면에 떠 있는 해 때문에 눈이 부신 지 약간
인상을 찡그리며 구령했고, 학생들은 현관을 지나 교실로 들
어갔습니다. 그리고 인사를 마치자 선생님이 말했습니다.

"그럼, 오늘부터 공부를 시작할 거예요. 모두 수업 준비
잘해 왔죠? 일 학년은 글쓰기 연습장과 벼루, 종이를 꺼내고
이 학년과 사 학년은 수학책과 공책, 연필을 꺼내세요. 오 학
년과 육 학년은 국어책을 꺼내도록."

그러자 여기저기가 어수선하고 분주해졌습니다. 그중에
도 사부로 바로 옆줄에 있던 사 학년 사타로가 갑자기 손을
뻗더니 이 학년인 가요의 연필을 휙 가져가 버렸습니다. 가
요는 사타로의 여동생이었습니다.

"오빠, 연필 가져가면 난 어떡해?"

가요가 그렇게 말하며 다시 가져오려고 했습니다.

"이거 내 거야."

사타로가 연필을 품속에 넣은 후 중국 사람이 인사할 때
처럼 양손을 소매 안으로 집어넣고 책상에 가슴을 바짝 갖다
대며 엎드렸습니다.

"오빠, 오빠 연필은 집에서 잃어버렸잖아. 돌려 줘."

가요는 자리에서 일어나 다시 가져오려고 애를 썼지만
사타로는 책상에 딱 들러붙은 큰 게딱지처럼 꿈적도 하지 않
았습니다. 가요는 서서 입을 크게 비죽거리며 금방이라도 울
것 같았습니다.

사부로는 국어 책을 책상 위에 올려놓고 난감한 듯이 그
것을 지켜보았습니다. 가요가 결국 주르륵 눈물 흘리는 것을
보고는 말없이 오른손에 들고 있던 반쯤 닳은 연필을 사타로
의 책상 위에 올려놓았습니다. 그러자 사타로는 갑자기 화색
이 돌며 벌떡 일어났습니다.

"나 주는 거야?"

사부로에게 물었습니다.

"응."

사부로는 잠깐 망설이는 듯했지만 결심을 했는지 그렇다고 대답했습니다. 그러자 사타로는 갑자기 웃으면서 품속에서 연필을 꺼내 가요의 고사리 같은 손에 건네주었습니다.

선생님은 저편에서 일 학년 아이들의 벼루에 물을 따라 주고 있었고, 가스케는 사부로 바로 앞이라 보지 못했지만 이치로는 제일 뒤에서 이 모든 것을 지켜보았습니다. 그리고 뭐라 표현할 수 없는 이상한 기분이 들어 지그시 입술을 깨물었습니다.

"그럼 이 학년은 수업이 끝날 때까지 지금 배운 뺄셈을 복습하도록. 이걸 계산하세요."

선생님은 칠판에 수식 '25-12=□'을 적었습니다. 이 학년 아이들은 모두 열심히 그것을 공책에 옮겨 적었습니다. 가요도 머리를 공책에 처박듯이 하여 열심히 옮겨 적었습니다.

"사 학년은 이걸 푸세요."

선생님이 '17×4=□' 수식을 칠판에 적었습니다.

사 학년은 사타로를 비롯해 기조도 고스케도 모두 그 문제를 풀었습니다.

"오 학년은 국어책 ○○페이지를 펴서 소리 내지 말고 읽다가 모르는 글자는 공책에 따로 적어 두세요."

오 학년 학생들도 모두 시키는 대로 하기 시작했습니다.

"이치로, 넌 국어책 ○○페이지 읽고, 마찬가지로 모르는 글자가 나오면 따로 적어 놓도록 해라."

그렇게 지시를 마치고 선생님은 다시 교단에서 내려와 일 학년이 하는 글쓰기 연습을 한 사람 한 사람 봐주며 다녔습니다.

사부로는 양손으로 책을 반듯하게 잡고 선생님이 시킨 부분을 숨죽여 조용히 읽었습니다. 그러나 공책에는 글자를 하나도 적지 않았습니다. 그것은 정말 모르는 글자가 하나도 없었기 때문인지, 아니면 딱 하나 있던 연필을 사타로에게 줘 버렸기 때문인지 알 수 없었습니다.

그동안에 선생님은 교단으로 돌아가 이 학년과 사 학년 수학 문제를 풀이해 주고, 다시 새 문제를 내 주었습니다. 그리고 이번에는 오 학년 학생들이 공책에 적은 모르는 글자를 칠판에 적은 다음 읽는 소리와 뜻을 달아 주었습니다.

"가스케, 이 부분을 읽어 봐."

가스케는 두세 번 더듬거렸지만 선생님이 알려 주는 대로 따라 읽었습니다.

사부로도 조용히 들었습니다.

"거기까지."

선생님도 책을 들고 가만히 듣고 있다가 열 줄쯤 읽자 이번에는 선생님이 읽어 내려갔습니다. 이렇게 한 차례가 돌자 선생님은 모두에게 책상을 정리하게 했습니다.

"1교시는 여기까지다."

"차렷!"

선생님이 교단에 서자 이치로가 뒤에서 구령을 했습니다. 그리고 경례가 끝나자 모두 차례로 밖으로 나갔습니다. 이번에는 줄을 서지 않고 각기 뿔뿔이 흩어져서 놀았습니다.

2교시는 일 학년부터 육 학년까지 모두 함께 노래를 불렀습니다. 선생님이 만돌린을 가지고 나왔고, 아이들은 만돌린 연주에 맞춰 지금까지 배운 노래를 다섯 곡이나 불렀습니다. 사부로도 다 아는 노래였습니다. 모두는 큰 소리로 노래를 불렀고 그 시간은 아주 빨리 지나갔습니다.

3교시가 되자 이번에는 이 학년과 사 학년이 국어를, 오 학년과 육 학년이 수학을 공부 했습니다. 선생님은 또 칠판에 문제를 쓰고 오 학년과 육 학년에게 계산하도록 시켰습니다. 이치로는 답을 적은 후 사부로 쪽을 슬쩍 보았습니다. 사부로는 어디에서 났는지 몽당한 숯으로 공책에 사각사각 소리를 내며 답을 크게 적고 있었습니다.

다음날 아침, 하늘은 구름 한 점 없이 맑고 다니가와강 물은 졸졸 소리를 내며 흘러갔습니다. 이치로는 중간에서 가스케, 사타로 그리고 에쓰지와 만나 함께 사부로의 집 쪽으로 향했습니다. 학교 조금 아래쪽에서 강을 건넌 소년들은 각기 물가에서 꺾은 버드나무 가지를 돌돌 돌려 껍질을 벗겨 채찍을 만들었습니다. 채찍을 휙휙 휘두르면서 우에노 노하라로 올라가기 시작했습니다. 모두는 빨리 올라가느라 숨이 찼습니다.

"마타사부로가 정말 샘터에서 기다리고 있을까?"

"기다릴 거야. 마타사부로는 거짓말쟁이가 아니야."

"아, 덥다. 바람이라도 불면 좋을 텐데."

"어! 어디선가 바람이 불고 있어."

"마타사부로가 일으키는 걸지도 몰라."

"어쩐지 해님이 뿌예진 것 같아."

하늘에 하얀 구름이 조금 떠 있었습니다. 그리고 다시 한참을 올라갔습니다. 계곡 사이의 집들이 발 아래로 보였고 이치로의 집 지붕이 하얗게 빛나고 있었습니다.

숲 속으로 난 길로 들어가자 길은 질퍽거렸고 주변은 숲 때문에 잘 보이지 않았습니다. 그리고 얼마 후 소년들은 약속했던 샘터 근처에 다다랐습니다. 그때 사부로의 큰 목소리가 들렸습니다.

"모두 왔구나!"

소년들은 열심히 달려서 올라갔습니다. 저편 모퉁이에 사부로가 작은 입을 꾹 다문 채 네 명의 친구들이 올라오는 것을 보고 있었습니다.

네 소년이 드디어 사부로 앞까지 왔습니다. 그러나 숨이 너무 차서 바로는 아무 말도 할 수 없었습니다. 가스케는 숨이 턱까지 차서 하늘을 보며 "헉, 헉" 가쁜 숨을 토해냈습니다. 그러자 사부로가 큰 소리로 웃었습니다.

"한참 기다렸어. 그리고 오늘은 비가 올지도 모른데."

"그럼 빨리 가야겠다. 먼저 물부터 마시자."

네 소년은 땀을 닦으며 쪼그리고 앉아 하얀 바위에서 퐁퐁 솟아나는 차가운 물을 몇 번이나 손으로 퍼서 마셨습니다.

"우리 집은 여기서 가까워. 바로 저 계곡 위야. 내려갈 때 우리 집에서 놀자."

"응, 먼저 목장으로 가자."

소년들이 다시 걷기 시작했을 때 샘물은 무언가를 알려 주려는 듯 '쿨렁' 하고 소리를 냈고, 근처 나무들도 어쩐지 '쏴아' 우는 것 같았습니다.

다섯 소년은 산기슭의 덤불 사이를 지나기도 하고 몇 차례 바위가 갈라진 틈을 통과하기도 하며 드디어 우에노 노하라 입구까지 갔습니다.

소년들은 입구까지 오자 왔던 길을 돌아보고 나서 다시 서쪽을 바라보았습니다. 해가 나기도 하고 그늘이 지기도 한, 몇 겹으로 겹쳐진 구릉들 너머로 초원이 강을 따라 파랗게 펼쳐져 있었습니다.

"와아, 저기 강 좀 봐!"

"꼭 가스가 신(春日神)*의 허리띠 같다."

사부로가 말했습니다.

"뭐 같다고?"

이치로가 물었습니다.

"가스가 신의 허리띠 같다고."

"너, 가스가 신의 허리띠 본 적 있어?"

"그럼, 홋카이도에서 봤어."

소년들은 무슨 말인지 몰라 더는 아무 말도 하지 않았습
니다.

방금 도착한 우에노 노하라 초입에는 잘 깎인 초원 한가
운데에 기둥과 뿌리 부근이 시커멓게 타서 큰 동굴처럼 보이
는 큰 밤나무가 한 그루가 있고, 그 가지에는 오래된 새끼줄
과 헤진 짚신 등이 매달려 있었습니다.

"조금만 더 가면 사람들이 풀을 베고 있을 거야. 그리고
말도 볼 수 있어."

* 　신도(神道)의 신. 가스가 신을 모시는 가스가 신사(春日神社)가 일본 전국에
약 1000여 개 있다. 이와테(岩手県)지역에서는 동북 개발의 신으로 추앙한다.

이치로는 앞장서서 풀이 베인 외길을 성큼성큼 걸어갔습니다. 사부로가 그 뒤를 따라가며 말했습니다.

"여기는 곰이 없으니까 말을 풀어서 키우는구나."

조금 더 가자 길가의 커다란 졸참나무 아래에 짚으로 엮어 만든 부대 자루가 던져져 있고 많은 풀단이 여기저기에 뒹굴고 있었습니다. 등에 풀단을 진 말 두 마리가 이치로를 보자 푸르릉 푸릉 콧소리를 냈습니다.

"형, 어딨어? 형, 나 왔어."

이치로는 땀을 닦으며 소리쳤습니다.

"왔니? 거기 있어. 그쪽으로 갈게."

저편 움푹한 곳에서 이치로의 형 목소리가 들렸습니다.

해가 반짝 났고, 형이 저쪽 풀 속에서 웃으며 나왔습니다.

"잘 왔다. 친구들도 같이 왔구나. 집에 갈 때 망아지 끌고 가라. 오후엔 비가 올 것 같아. 난 좀 더 풀을 베야 하니 너희들은 놀려면 저 울타리 안에서 놀아라. 거기에 목장 말 스무 마리 정도 있을 거야."

형은 저편으로 가다가 뒤를 돌아보며 또 말했습니다.

"목장 밖으로 나가지 마. 길 잃어버리면 위험해. 점심때쯤 다시 올게."

"응, 울타리 안에 있을게."

그리고 이치로의 형은 가버렸습니다.

하늘엔 옅은 구름이 잔뜩 끼어 있고 하얀 거울처럼 변한 태양은 구름과 반대로 움직였습니다. 바람이 불어 와 아직 베이지 않은 풀들이 물결을 이루었습니다. 이치로가 앞장서서 좁은 길을 따라 계속 걸어가자 이윽고 목장의 울타리가 나왔습니다. 목책이 일부 떨어져 나간 곳에 통나무 두 개가 가로로 놓여 있었습니다. 에쓰지가 그 밑으로 빠져나가려고 할 때였습니다.

"내가 치워 줄게."

가스케가 말하며 통나무의 한쪽 끝을 들어 아래에 내려 놓았고, 모두는 그것을 뛰어 넘어 안으로 들어갔습니다.

저쪽 야트막한 언덕에 반지르르 윤기가 흐르는 갈색 말 일곱 마리가 모여 있는데 말들은 살랑살랑 부드럽게 꼬리를 흔들고 있었습니다.

"이 말들은 모두 엄청 비싸. 내년부터 경마로 뛸 놈들이야."

이치로가 옆으로 다가가며 말했습니다.

말들은 지금까지 아주 심심하던 차에 잘 됐다 싶었는지 이치로 쪽으로 다가왔습니다. 그리고 뭔가를 달라는 듯 콧등을 쑥 앞으로 내밀었습니다.

"하하하, 소금을 달라는 거구나."

아이들은 손을 내밀어 말이 핥도록 했지만 사부로는 말에 익숙하지 않아서인지 쭈뼛거리며 손을 주머니 속에 넣었습니다.

"와, 마타사부로는 말이 무서운가 봐."

에쓰지가 말했습니다.

"무섭지 않아."

그렇게 말하며 사부로는 바로 주머니 속의 손을 말 콧등 앞으로 내밀었습니다. 그러나 말이 목을 빼며 혀를 날름거리자 금방 얼굴색이 변하며 잽싸게 손을 다시 주머니 속으로 넣어버렸습니다.

"와, 마타사부로가 말을 무서워한다."

에쓰지의 말에 사부로는 얼굴이 완전히 빨개졌고 잠시 머쓱해 하다가 말했습니다.

"우리 경마할래?"

"경마?"

어떻게 경마를 하자는 건지 모두 의아해 했습니다. 그러자 사부로가 말했습니다.

"난, 경마 여러 번 봤어. 그런데 이 말들은 안장이 없어서 탈 수 없으니까 모두 한 마리씩 말을 정해서 저 끝에 보이지, 저기 큰 나무가 있는 곳에 제일 먼저 도착하는 사람이 일등하는 걸로 하자."

"그거 재밌겠다."

가스케가 말했습니다.

"목장 아저씨에게 들키면 혼나지 않을까?"

"괜찮아. 경마에 나갈 말들이니까 연습해 둬야지."

사부로가 말했습니다.

"좋아, 난 이 말로 할래."

"난, 이거."

"그럼 난 이 말로 할게."

소년들은 "출발" 하고 외치며 버드나무 가지와 억새풀로 가볍게 말을 때렸습니다. 그러나 말은 전혀 꿈적 하지 않았습니다. 여전히 아래로 목을 늘어트려 풀 냄새를 맡기도 하고 저편의 경치를 좀 더 자세히 보려는 듯이 목을 길게 빼기도 했습니다.

이치로가 손바닥을 딱 치며 "달려!"라고 하자 갑자기 일곱 마리가 나란히 갈기를 휘날리며 달리기 시작했습니다.

"엄청 잘 달린다."

가스케는 껑충 뛰어올랐다가 달리기 시작했습니다. 그러나 그것은 아무래도 경마까지는 되지 않았습니다. 말은 어디까지나 나란히 서서 달렸고, 게다가 경마라고 할 정도로 빨리 달리는 것도 아니었습니다. 그래도 아이들은 신이 나서 "달려라" 하고 소리를 지르며 열심히 뒤를 쫓아갔습니다.

말은 조금 가자 멈추는 듯했습니다. 소년들은 헉헉 숨을 몰아쉬며 말을 쫓아갔습니다. 그러나 말들은 어느새 야트막한 언덕을 빙 돌아 아까 다섯 소년들이 들어왔던 허물어진 목책 부근까지 가 있었습니다.

"앗, 말이 나간다. 잡아, 얼른 잡아."

이치로는 새파랗게 질려서 소리를 질렀습니다. 말들은 잽싸게 달려 울타리 밖으로 나갈 것 같았습니다. 아까 내려놓았던 통나무를 금방이라도 넘어갈 기세였습니다.

"안 돼! 막아야 해."

이치로는 몹시 당황해서 소리치며 열심히 달려갔습니다. 그곳에 겨우 도착해 자빠지듯이 하며 양팔을 벌려 막았으나 이미 두 마리가 목책 밖으로 나간 후였습니다.

"빨리 와서 잡아. 빨리."

이치로는 숨이 끊어질 듯이 소리치며 통나무를 원래 있던 자리에 놓았습니다.

네 소년이 달려가 허겁지겁 통나무 밑을 통과해 밖으로 나가자 말 두 마리는 더 이상 달리지 않고 울타리 밖에 서서 입으로 풀을 뽑아 당기고 있었습니다.

"살살 진정시켜. 살살."

그렇게 말하면서 이치로는 한 마리에게 다가가 재갈에 매단 명패 주위를 단단히 붙잡았습니다. 가스케와 사부로도 다른 한 마리를 잡으려고 다가갔지만 말은 놀랐는지 둑을 따라 쏜살같이 남쪽으로 달아나 버렸습니다.

"형, 말이 도망가. 형, 말이 도망치고 있어."

이치로가 뒤에서 열심히 소리 질렀습니다. 사부로와 가스케도 죽을힘을 다해 말을 쫓아갔습니다. 그런데 말이 이번엔 정말 멀리 달아나겠다는 듯 자기 키만큼 자란 풀을 헤치며 달려가는 모습이 언뜻언뜻 보였습니다.

가스케는 이제 다리가 후들거려서 어디를 어떻게 달리고 있는지도 모를 지경이었습니다. 잠시 후 주위가 파래지며 빙글빙글 돌았고, 결국 깊은 풀숲에 풀썩 쓰러지고 말았습니다. 말의 붉은 갈기와 뒤를 쫓아가는 사부로의 하얀 모자가 마지막으로 언뜻 보였습니다.

가스케는 벌러덩 누워 하늘을 보았습니다. 하늘이 하얗게 빛나며 빙글빙글 돌았습니다. 그곳을 옅은 회색 구름이 휙휙 빠르게 지나갔습니다. 그리고 우르르 쾅, 천둥소리가 났습니다.

가스케는 겨우 일어나 씩씩 숨을 몰아쉬면서 말이 간 쪽으로 다시 걷기 시작했습니다. 방금 전에 말과 사부로가 지나갔는지 풀 속에 희미한 길처럼 발자국이 나 있었습니다.

'흥, 말을 무서워하는 사부로가 말 주위에 우두커니 서 있겠지.' 그렇게 생각한 가스케는 부지런히 그 길을 따라갔습니다. 그러나 백 보도 가지 않아 마타리꽃과 키 높이까지 자란 엉겅퀴 덤불이 나타났고, 길은 두세 갈래로 갈라져 있어 어디로 가야할지 도무지 알 수 없었습니다.

"사부로!"

가스케가 소리쳤습니다.

"응, 여기야" 하고 어딘가에서 사부로가 외치는 것 같았습니다. 고민 끝에 그중 가운데 길로 들어갔습니다. 그러나 그 길도 가끔 끊어지기도 하고 말이 다닐 것 같지 않는 절벽이 나타나 옆으로 몸을 돌려 지나가기도 했습니다. 하늘이 컴컴해지면서 주위가 희미하게 보였습니다. 풀 위로 차가운 바람이 지나갔고 이어서 구름과 안개가 단편적으로 눈앞을 빠르게 지나갔습니다.

'아, 큰일 났다. 안 좋은 건 모두 한꺼번에 몰려온다더니.'

과연 그 말대로 말이 지나간 흔적이 풀숲에서 갑자기 사라져 버렸습니다.

'아, 어쩌지? 큰일이다.'

가스케는 가슴이 쿵쾅거리기 시작했습니다.

풀잎이 몸을 구부리며 탁탁 소리를 내기도 하고 사락사락 울기도 했습니다. 안개가 자욱이 내려 옷도 다 젖어버렸습니다. 가스케는 힘껏 소리를 질렀습니다.

"이치로, 이치로!"

그러나 아무 대답도 들리지 않았습니다. 칠판에서 날리는 분필 가루처럼 어둡고 차가운 안개가 사방을 에워쌌고, 주위가 갑자기 고요해져서 소름이 끼칠 정도였습니다. 풀잎에서 똑똑 물방울 떨어지는 소리가 들렸습니다.

가스케는 이치로가 있는 곳으로 빨리 돌아가야겠다고 생각하고 부리나케 왔던 길로 되돌아갔습니다. 그러나 아무래도 그 길은 그가 왔던 길 같지가 않았습니다. 무엇보다 엉겅퀴가 너무 많이 나 있고, 게다가 풀 밑에는 올 때는 없었던 바위 파편이 군데군데 굴러다녔습니다. 그리고 한번도 듣도 보도 못한 큰 계곡이 갑자기 눈앞에 나타났습니다. 억새가 쏴아쏴악 소리를 냈고, 건너편은 끝 모를 계곡처럼 안개 속에 보이지 않았습니다.

바람이 불자 억새의 가는 이삭이 무수히 많은 손을 일제히 뻗어 빠르게 흔들며 "동으로 가아, 서로 가아, 남으로 가아, 동으로 가아" 하고 말하는 것 같았습니다.

가스케는 너무 무서워서 눈을 질끈 감아 버렸습니다. 그리고 황급히 몸을 돌렸습니다. 그때 좁고 검은 흙길이 갑자기 풀숲에 나타났습니다. 그것은 많은 말발굽 자국에 의해 생긴 길이었습니다. 가스케는 자기도 모르게 짧게 '홋' 안도의 웃음소리를 내고는 그 길을 성큼성큼 걷기 시작했습니다.

그러나 그것도 믿지 못할 것이 길 폭이 형편없이 좁아졌다가 또 1미터 정도로 넓어졌고, 게다가 어쩐지 빙빙 돌고 있는 것 같기도 했습니다. 드디어 꼭대기가 불에 탄 큰 밤나무 앞까지 오자 희미하게 길이 몇 갈래로 나 있었습니다. 그곳은 야생말을 모아 두는 곳 같았습니다. 마치 안개 속 둥근 광장처럼 보였습니다.

가스케는 실망하여 검은 흙길을 다시 돌아가기 시작했습니다. 이름도 모르는 풀 이삭이 조용히 흔들렸습니다. 다소 강한 바람이 불어오자 어딘가에서 무언가가 신호라도 보내는 것처럼 일제히 '그게' 왔다며 풀들은 몸을 엎드려 피했습니다. 하늘에선 번쩍하더니 우르르 소리가 났습니다.

그때 눈앞에 자욱한 안개 사이로 집처럼 생긴 크고 검은 물체가 나타났습니다. 잠시 자신의 눈을 의심하며 멈춰 선 가스케는 아무리 봐도 집처럼 보여 조심조심 가까이 다가갔습니다. 그러나 그것은 차갑고 커다란 검은 바위였습니다.

하늘이 빙글빙글 하얗게 흔들렸고 풀잎이 후드득 한꺼번에 물방울을 털어냈습니다.

'만약 초원 반대쪽으로 내려가면 마타사부로도 나도 끝이야', 가스케는 그렇게 중얼거렸습니다. 그리고 소리를 질렀습니다.

"이치로, 이치로, 어디 있어? 이치로."

순간 다시 밝아졌고 풀은 일제히 환성을 지르듯 숨을 내쉬었습니다.

"이사토 마을의 전기 수리공이 산에 사는 괴수에게 잡혀갔다는 구먼."

언젠가 누군가 했던 말이 또렷이 귓가에 들려왔습니다.

그리고 검은 길이 순식간에 사라져 버렸습니다. 주위가 아주 잠깐 고요해졌습니다. 그리고 이내 강한 바람이 불어왔습니다. 하늘이 깃발처럼 타타탁 빛나며 뒤집혔고 불꽃이 번쩍 일었습니다. 가스케는 풀숲에 쓰러져 잠이 들고 말았습니다.

이 모든 것은 어느 먼 곳에서 일어나는 일 같았습니다.

마타사부로가 바로 눈앞에 발을 내딛고 서서 말없이 하

늘을 올려다보고 있습니다. 항상 입고 다니던 그 회색 윗도리 위에 유리 망토를 걸치고 있습니다. 그리고 빛나는 유리 구두를 신고 있습니다.

마타사부로의 어깨에는 밤나무 그림자가 어스름 내려와 있습니다. 마타사부로의 짙푸른 그림자도 풀잎 위로 내려 앉아 있습니다. 그리고 끊임없이 바람이 불어옵니다.

마타사부로는 웃지도 않고 아무 말도 하지 않습니다. 그저 작은 입술을 꾹 다문 채 말없이 하늘을 보고 있습니다. 갑자기 마타사부로는 홀쩍 하늘로 날아올라갑니다. 유리 망토가 반짝반짝 펄럭입니다.

가스케는 문득 눈을 떴습니다. 회색 안개가 빠르게 지나갔습니다.

그리고 말이 바로 눈앞에 떡하니 서 있었습니다. 그 눈은 가스케를 피해 옆쪽을 보고 있었습니다. 가스케는 벌떡 일어나 말의 명패를 잡았습니다. 그때 뒤에서 사부로가 창백해진 입술을 꾹 다물고 앞으로 나왔습니다. 가스케는 부들부들 떨렸습니다.

"얘들아."

안개 속에서 이치로의 형 목소리가 들렸습니다. 우르르 우르르 천둥소리도 들렸습니다.

"가스케, 어딨어? 가스케."

이치로의 소리도 들렸습니다. 가스케는 기뻐서 펄쩍 뛰었습니다.

"나, 여기 있어. 여기야. 이치로."

이치로의 형과 이치로가 불쑥 눈앞에 나타났습니다. 가스케는 갑자기 눈물이 핑 돌았습니다.

"얼마나 찾아다녔는지 몰라. 정말 위험했어. 이런, 흠뻑 젖었군."

이치로의 형은 익숙한 솜씨로 말의 목을 끌어안고 가져온 재갈을 잽싸게 말 입에 씌웠습니다.

"자, 가자."

"마타사부로 놀랐지?"

이치로가 사부로에게 말했습니다. 사부로는 말없이 여전히 입을 꾹 다문 채 고개만 끄덕였습니다.

모두 이치로의 형을 따라 완만한 경사 두 개를 오르내렸습니다. 그리고 검은 큰길을 따라 한참을 걸었습니다.

번개가 두어 번 희미하게 번쩍했습니다. 어딘가에서 풀 태우는 냄새가 났고, 안개 속에 연기가 희미하게 흘러가는 게 보였습니다. 이치로의 형이 큰소리로 외쳤습니다.

"할아버지, 있어요. 모두 찾았어요."

할아버지는 안개 속에 서서 아이들을 맞이했습니다.

"아, 걱정했는데 찾았으니 다행이다. 가스케, 추운가 보구나. 빨리 들어오너라."

이치로의 할아버지는 가스케를 친손자같이 대했습니다. 절반쯤 탄 큰 밤나무 밑동에 작은 초막이 있고, 안에는 탁탁 빨간 불이 타고 있었습니다. 이치로의 형은 말을 졸참나무에 묶었습니다. 말도 히잉 울었습니다.

"고생 많았지? 아이고, 얼마나 운 게냐. 이 아이는 광부네 아들이구나. 자, 다들 경단 먹어라. 어서, 금방 또 만들 테니. 도대체 어디까지 간 게냐?"

"저기 사사나가네까지 갔더라고요."

이치로의 형이 대답했습니다.

"그 멀리까지. 정말 위험했다. 거기로 내려갔다면 말도 사람도 그걸로 끝이었을 텐데. 자, 가스케 경단 먹어라. 애야, 너도 먹어라. 자, 어서 먹어."

"할아버지, 마방에 말 들여놓을까요?"

이치로의 형이 말했습니다.

"그래, 그래라. 목장주가 오면 또 뭐라고 하겠다. 아니다, 잠깐 기다려봐. 다시 금방 해가 날 것 같구나. 아닌 게 아니라 나도 걱정이 돼서 도라코산 아래까지 갔다 왔어. 아무튼 다행이다. 비도 갤 것 같고."

"아침엔 날씨가 정말 좋았는데."

"그러게. 다시 좋아질 거야. 앗, 비가 새네."

그렇게 말하며 이치로의 형이 밖으로 나갔습니다. 천장에서 비가 똑똑 떨어지는 것을 할아버지가 웃으며 올려다보았습니다. 형이 다시 들어왔습니다.

"할아버지, 비가 그쳤어요. 날이 개요."

"그래, 그래. 그럼 모두 불 쬐고 있어라. 나는 다시 풀 베러 가야겠구나."

안개가 뚝 그쳤습니다. 햇빛이 안까지 흘러 들어왔습니다. 태양은 조금 서쪽으로 기울어 있고, 몇 조각의 하얀 밀납 같은 안개가 미처 도망가지 못하고 빛나고 있었습니다.

풀잎에 맺힌 물방울이 또르르 떨어지고, 잎사귀와 줄기와 꽃들은 저마다 올해의 마지막 햇볕을 흠뻑 빨아들이고 있습니다. 멀리 서쪽의 푸른 들판은 방금 울음을 그친 것처럼 눈부시게 웃고 있고, 건너편의 밤나무는 푸르스름한 후광을 발산하고 있습니다.

소년들은 피곤에 지쳐 이치로를 선두로 우에노 노하라를 내려왔습니다. 사부로는 말없이 입을 꾹 다문 채 옹달샘 부근에서 친구들과 헤어져 아버지가 있는 오두막 쪽으로 혼자 돌아갔습니다.

집으로 가면서 가스케가 말했습니다.

"쟤는 바람 신이야. 바람 신의 아들이 분명해. 저기에 아버지와 둘이 살면서 바람을 일으키는 거야."

"무슨 헛소리야?"

이치로가 큰 소리로 말했습니다.

다음날 아침엔 비가 왔습니다. 그러나 2교시부터 점점 개기 시작해 3교시가 끝나고 쉬는 시간 즈음에는 완전히 비가 그치면서 사라졌던 파란 하늘이 살짝살짝 얼굴을 내밀었습니다. 그 아래로 하얀 비늘구름이 빠르게 동쪽으로 몰려갔고, 산에서는 억새와 밤나무 사이로 남아 있던 구름이 안개처럼 피어올랐습니다.

"학교 끝나고 머루 따러 갈래?"

고스케가 가스케에게 살짝 물었습니다.

"그래, 가자. 사부로, 너도 갈래?"

"안 돼, 아무한테나 알려 주면 안 된다고."

가스케가 사부로에게 같이 가자고 하자 고스케가 반대했습니다. 사부로는 고스케의 말을 못 들은 척하며 말했습니다.

"나도 갈래. 난 홋카이도에서 따 봤어. 우리 엄마는 그걸로 술을 세 통이나 담근 걸."

"머루 따러 나도 갈래."

이 학년 쇼키치가 끼어들었습니다.

"안 돼. 너도 작년에 안 알려 줬잖아."

모두 수업이 끝나기를 기다렸습니다. 5교시가 끝나자 이치로와 가스케, 사타로, 고스케, 에쓰지 그리고 사부로 이렇게 여섯 명은 학교에서 강을 따라 상류 쪽으로 올라갔습니다. 조금 올라가자 초가집이 한 채 있고, 그 앞에 작은 담배밭이 있었습니다. 담배 줄기 아래쪽 잎은 벌써 따내고 없었습니다. 가지런히 줄지어 서 있는 파란 담배 줄기가 마치 숲처럼 보여 신기했습니다.

"뭐야. 이 잎은?"

갑자기 사부로가 잎을 하나 떼서 이치로에게 보여 주자 이치로는 깜짝 놀라 인상을 쓰며 말했습니다.

"야, 마타사부로. 담배 잎을 따면 전매청 직원에게 뒈지게 혼난다 말이야. 야, 그걸 왜 땄어?"

그리고 모두들 한 마디씩 거들었습니다.

"야, 전매청 직원이 잎을 하나하나 세어서 장부에 적는다 말이야, 큰일 났다. 난 몰라."

"나도 몰라."

"에이. 나도 몰라."

얼굴이 새빨개진 사부로는 잠시 담배 잎을 빙빙 돌리며 무슨 말을 할까 고민하다가 화를 내듯이 말했습니다.

"나도 모르고 땄단 말이야."

모두 겁에 질려 누가 보고 있지는 않을까, 걱정하며 건너편에 있는 집을 바라보았습니다. 담배밭에서 모락모락 올라가는 수증기 너머로 집은 조용했고, 아무도 없는 것 같았습니다.

"저 집은 일 학년 고스케(小助)의 집이잖아."

가스케가 조금 마음을 놓으며 말했습니다. 그러나 고스케(耕助)는 처음부터 자기가 발견한 머루 덤불에 사부로를 비롯해 너무 많은 아이들이 가는 것이 못마땅해 괜히 사부로에게 심통을 부렸습니다.

"야, 사부로. 모르고 했다면 다냐? 빨리 원래대로 붙여 놔."

사부로는 난처한 듯이 또 잠시 말이 없었습니다.

"그럼 저기에 두고 올게."

사부로는 떼어 낸 담배 잎을 원래의 줄기 밑동에 살짝 두고 왔습니다.

"빨리 가자."

이치로가 앞장서서 걷기 시작하자 모두 그 뒤를 따랐습니다. 고스케만 혼자 남아서 투덜거렸습니다.

"흥, 나도 모르겠다. 저기에 담뱃잎을 그냥 두면 밭 주인이 야단일 텐데. 마타사부로 자식."

다른 아이들이 모두 씩씩하게 걷기 시작했기 때문에 어쩔 수 없이 고스케도 얼른 뒤따라갔습니다.

모두 억새 사이로 난 좁은 길을 따라 산 쪽으로 조금 올라가자 남쪽의 우묵한 곳에 밤나무가 몇 그루 있고, 그 아래에 머루가 탐스럽게 큰 덤불을 이루고 있었습니다.

"여긴 내가 발견한 곳이니까 너무 많이 따지는 마."

고스케가 말했습니다.

"나는 밤을 딸 거야."

사부로는 그 말을 하고 돌을 주워 밤나무 가지를 향해 던졌습니다. 파란 밤송이가 하나 툭 떨어졌습니다. 사부로는 그것을 막대기로 벌려 아직 여물지 않은 하얀 밤 두 알을 꺼냈습니다. 다른 아이들은 덤불 쪽에서 머루를 따느라 정신이 없었습니다.

잠시 후 고스케가 다른 덤불로 가기 위해 밤나무 아래를 지나갈 때였습니다. 갑자기 위에서 물방울이 한꺼번에 후드득 떨어졌고, 고스케는 온 몸이 물에 빠진 생쥐처럼 흠뻑 젖고 말았습니다. 고스케가 놀라서 입을 벌리고 위를 올려다보니 언제 나무 위로 올라갔는지 사부로가 슬쩍 웃으며 자기도 소맷자락으로 얼굴을 닦고 있었습니다.

"야, 마타사부로 뭐하는 거야?"

고스케는 화가 나서 나무를 올려다보며 외쳤습니다.

"바람이 분 거야."

사부로는 위에서 큭큭 웃으면서 말했습니다.

고스케는 나무 아래를 지나 다른 덤불에서 머루를 따기 시작했습니다. 고스케는 이제 가져갈 수 없을 만큼 여기저기에 머루를 쌓아 두었고, 보라색으로 물든 그의 입술은 부풀어 오른 것처럼 크게 보였습니다.

"야, 이 많은 걸 어떻게 가져가려고 그래?"

"난, 더 딸 거야."

이치로의 핀잔에 고스케가 대답했습니다.

그때 또 고스케의 머리 위로 차가운 물방울이 떨어졌습니다. 고스케는 이번에도 깜짝 놀라 나무를 올려다보았지만 나무 위에 사부로는 없었습니다. 그러나 옆 나무 사이로 사부로의 회색 팔꿈치가 보였고, 큭큭 웃는 소리도 들렸기 때문에 고스케는 화가 나서 더 이상 참을 수가 없었습니다.

"야, 마타사부로. 또 사람한테 물을 뿌린 거냐?"

바람의 아들, 마타사부로(又三郎)   179

"바람이 분 거야."

모두 와하고 웃었습니다.

"야, 마타사부로. 너 거기서 나무 흔들었잖아?"

모두 와하고 또 웃었습니다.

그러자 고스케는 억울하다는 듯 잠시 말없이 사부로를 노려보다가 말했습니다.

"마타사부로, 너 같은 건 세상에서 없어졌으면 좋겠어."

그러자 사부로는 얄밉게 웃으며 말했습니다.

"야, 고스케. 미안해."

고스케는 뭔가 더 심한 말을 하고 싶었습니다. 그러나 너무 화가 나서 다른 말은 생각나지 않았기 때문에 아까처럼 소리를 질렀습니다.

"야, 마타사부로. 너 같은 바람 따윈 이 세상에서 없어졌으면 좋겠어."

"미안해. 하지만 너도 나한테 심술을 부렸잖아."

사부로는 눈을 끔뻑끔뻑하며 미안한 듯이 말했습니다. 그러나 고스케의 화는 좀처럼 풀리지 않았습니다. 그리고 세 번째로 똑같은 말을 되풀이했습니다.

"마타사부로랑 바람 같은 건 세상에서 없어졌으면 좋겠어."

그러자 사부로는 조금 재미있다는 듯 또 큭큭 웃으며 물었습니다.

"바람이 세상에서 없어졌으면 좋겠다고, 없어지면 뭐가 좋은데. 좋은 점을 말해 봐. 말해 봐."

사부로는 선생님 같은 표정으로 손가락 하나를 내밀었습니다.

고스케는 시험 같기도 하고 마타사부로에게 밀린다는 생각도 들었습니다. 그래서 몹시 분했지만 뾰족한 수가 없어서 잠시 생각하고 나서 말했습니다.

"바람은 장난만 쳐. 우산을 망가트리지."

"그리고 또, 그리고."

사부로는 재미있다는 듯 한 발 앞으로 다가서며 물었습니다.

"그리고 나무를 부러트리거나 쓰러트려."

"그리고, 그리고 어떻게 하는데."

"집도 망가트려."

"그리고. 그리고 또 어떻게 하는데."

"불빛도 꺼트리지."

"그리고 또? 그리고 또 어떻게 하는데."

"모자도 날려 버려."

"그리고? 그리고 또 어떻게 하는데."

"우산도 날려 버려."

"그리고, 그리고."

"그리고, 음음, 전봇대도 넘어트려."

"그리고? 그리고? 그리고?"

"그리고 지붕도 날려 버려."

"아하하하, 지붕은 집의 일부야. 어때, 아직도 더 있어. 그리고, 그리고?"

"그리고, 음음, 그러니까 램프도 꺼트려."

"하하하, 램프도 아까 말한 불빛이랑 같은 거야. 근데 그게 다야? 그리고, 그리고, 그리고?"

고스케는 얼굴이 새빨개져서 잠시 생각하다가 간신히 대답했습니다.

"풍차도 망가트려."

그러자 사부로는 이 말에 배꼽을 잡고 웃었습니다. 다른 아이들도 따라 웃었습니다. 웃고, 웃고, 또 웃었습니다. 사부로는 겨우 웃음을 멈추고 말했습니다.

"그것 봐. 드디어 풍차가 나왔군. 풍차는 바람을 미워하지 않아. 물론 가끔 망가트릴 때도 있지만 그래도 풍차를 돌려줄 때가 훨씬 더 많아. 풍차라면 조금도 바람을 나쁘게 생각하지 않을 걸. 게다가 넌 아까부터 대답을 하려고 할 때마다 정말 이상했어. 음음, 음음, 그러더라. 그러다가 결국 풍차라는 말까지 했지만 말이야."

사부로는 또 눈물이 나올 정도로 웃었습니다.

고스케도 아까부터 너무 긴장하고 있던 탓에 화가 났던 것도 점차 잊어버렸습니다. 그리고 그만 사부로와 함께 웃음을 터트리고 말았습니다. 그러자 사부로는 다시 정중하게 말했습니다.

"고스케, 장난쳐서 미안해."

"자, 그럼 가자."

그렇게 말하며 이치로는 사부로에게 머루 다섯 송이를 주었습니다.

사부로는 하얀 밤을 모두에게 두 알씩 나눠 주었습니다. 그리고 동네 어귀까지 함께 내려온 소년들은 각자 집으로 돌아갔습니다.

다음날은 안개가 자욱이 내려 학교 뒷산도 희미하게 보였습니다. 그러나 어제처럼 2교시부터 안개가 점점 걷히더니 이윽고 하늘이 파래지며 쨍하고 해가 났습니다. 오전 수업이 끝나고 일이 학년 학생들이 집으로 돌아간 후에는 마치 여름처럼 더워졌습니다. 오후에는 선생님도 가끔 교단에서 땀을 닦았고, 사 학년 글쓰기와 오육 학년 미술 시간에는 너무 더워서 글을 쓰거나 그림을 그리다가 꾸벅꾸벅 조는 학생도 있었습니다.

수업이 끝나자 모두 곧장 강 하류 쪽으로 달려갔습니다.

"마타사부로, 수영하러 가자. 일이 학년 애들도 지금 거기 있을 거야."

가스케의 말에 사부로도 따라갔습니다.

그곳은 얼마 전에 우에노 노하라로 갔던 곳보다 더 하류로 오른쪽에서 흘러드는 강과 합류하면서 좀 더 넓은 자갈밭을 이루었고, 그 하류엔 절벽 틈으로 큰 쥐엄나무가 자라고 있었습니다.

"여기야."

먼저 와 있던 아이들이 맨발로 양손을 흔들며 소리쳤습니다. 이치로와 소년들은 자갈밭의 자귀나무 사이를 마치 달리기 시합이라도 하듯이 달려가 갑자기 옷을 훌러덩 벗고는 첨벙첨벙 물속으로 뛰어 들어갔습니다. 그리고 두발로 번갈아 물장구를 치며 비스듬히 한 줄로 늘어서서 건너편 물가로 헤엄치기 시작했습니다. 먼저 와 있던 아이들도 뒤를 따라 헤엄치기 시작했습니다. 사부로도 옷을 벗고 맨 뒤에서 헤엄을 쳐서 따라가다가 갑자기 소리 내어 웃었습니다. 그러자 건너편 물가에 도착한 이치로가 바다표범처럼 쓸어 올린 머리에 파래진 입술로 덜덜 떨면서 물었습니다.

"야, 마타사부로. 왜 웃었어?"

사부로도 역시나 떨면서 물에서 올라왔습니다.

"이 강물은 정말 차다."

"마타사부로, 왜 웃었냐고?"

"너희들 수영하는 게 이상해서. 왜 발로 탕탕탕 소리를 내는 거야?"

사부로는 말하면서 또 웃었습니다.

"그게 어때서?"

이치로는 그렇게 말했지만 어쩐지 기분이 나빴습니다.

"우리 돌줍기 놀이 하자."

이치로가 하얗고 둥근 돌을 주웠습니다.

"그래, 그래."

아이들이 모두 환호했습니다.

"내가 저 나무 위에서 떨어뜨릴 게."

이치로가 말하면서 절벽 중앙에 있는 쥐엄나무 위로 쭉
쭉 올라갔습니다.

"자, 떨어뜨린다. 하나 둘 셋."

이치로는 그 하얀 돌을 첨벙하고 강물 깊은 곳으로 떨어
트렸습니다. 아이들은 앞 다퉈 물가에서 곤두박질치듯 물속
으로 뛰어들었고, 창백한 해달 같은 모습으로 바닥까지 자맥
질하여 그 돌을 주우려고 했습니다. 그러나 모두 바닥까지
채 가지 못하고 숨이 차서 올라왔고 번갈아 가며 푸우 하고
물을 뿜어냈습니다.

사부로는 모두가 하는 것을 가만히 지켜보다가 아이들이 물 위로 올라온 후에야 풍덩하고 물속으로 들어갔습니다. 그러나 역시 바닥까지 닿지 못하고 물 위로 올라왔기 때문에 아이들은 와하고 웃었습니다.

그때 건너편 자갈밭의 자귀나무 부근에 윗옷을 벗은 어른 네다섯 명이 그물을 들고 이쪽으로 오는 것이 보였습니다. 그러자 이치로는 나무 위에서 목소리를 낮춰 모두에게 말했습니다.

"애들아, 발파하러 온 것 같아. 모르는 체 해. 돌줍기는 그만하고 모두 빨리 강 하류로 내려가."

아이들은 가능하면 그쪽을 안 보는 것처럼 숫돌을 줍거나 할미새를 쫓는 시늉을 하면서 발파에 대해서 전혀 모르는 척했습니다.

그러자 건너편 자갈밭에, 강 하류의 탄광에서 일하고 있는 쇼스케가 잠시 여기저기를 둘러보더니 갑자기 책상다리를 하고 자갈 위에 앉았습니다. 그리고 천천히 허리에서 담배쌈지를 꺼내 담뱃대를 물고 뻐끔뻐끔 연기를 뿜어냈습니다. 수상하다고 생각하던 차에 허리춤에서 또 무언가를 꺼냈습니다.

"발파한다, 발파다!"

아이들이 소리쳤습니다. 이치로는 손을 들어 아이들을 진정시켰습니다. 쇼스케는 담뱃대의 불을 조용히 그 '무언가'에 붙였습니다. 바로 뒤에 있던 사람이 물로 들어가 그물을 쳤습니다. 쇼스케는 아주 침착하게 일어나더니 한 발 물안으로 들어가 들고 있던 그것을 쥐엄나무 아래로 던졌습니다. 그러자 얼마 후 펑 하는 큰 폭발음과 함께 물이 높게 솟아올랐고, 주위가 잠시 지잉, 하고 울렸습니다.

건너편에 있던 어른들은 모두 물로 들어왔습니다.

"자, 떠내려 온다. 모두 잡아."

이치로가 외쳤습니다. 얼마 후 고스케는 새끼손가락만 한 갈색 둑중개가 옆으로 누워 떠내려오는 것을 붙잡았고, 그 뒤에서는 가스케가 으흐흐흑, 하고 괴상한 소리를 냈습니다. 그것은 18센티미터 정도 되는 붕어를 잡고 좋아서 얼굴이 발갛게 상기되어 내는 소리였습니다. 다른 아이들도 모두 물고기를 잡고 와와 떠들며 좋아했습니다.

"조용히, 조용히 해."

이치로가 말했습니다.

그때 건너편의 하얀 자갈밭에 윗옷을 벗거나 셔츠만 입은 어른 대여섯 명이 더 왔습니다. 그들 뒤로 마치 영화의 한 장면처럼 망사 셔츠를 입은 사람이 안장도 얹지 않은 말을 타고 달려오고 있었습니다. 모두 발파 소리를 듣고 보러 온 것입니다.

쇼스케는 잠시 팔짱을 끼고 모두가 물고기 잡는 것을 지켜보다가 말했습니다.

"잡을 만한 게 없군."

"물고기 돌려줄게요."

사부로가 언제 쇼스케 옆으로 갔는지 중간 크기의 붕어 두 마리를 강가로 던지듯이 내려놓았습니다.

"뭐야 얘는. 희한한 녀석일세."

쇼스케는 사부로를 빤히 쳐다보았습니다.

사부로는 말없이 이쪽으로 돌아섰고, 쇼스케는 황당하다는 표정으로 바라보았습니다. 아이들은 와하고 웃었습니다.

쇼스케는 말없이 다시 상류 쪽으로 걷기 시작했습니다. 다른 어른들도 뒤따라갔고 망사 셔츠를 입은 사람은 말을 타고 달려갔습니다. 고스케가 헤엄쳐서 사부로가 두고 온 물고기를 가지고 돌아오자 그것을 보고 아이들은 또 웃었습니다.

"발파하니까 물고기 천지네."

가스케가 자갈밭 위에서 깡충깡충 뛰면서 큰 소리로 말했습니다.

아이들은 잡은 물고기를 가두기 위해 돌로 작은 어장을 만들었습니다. 살아나도 도망가지 못하게 해 놓고, 아이들은 다시 상류의 쥐엄나무가 있는 곳으로 올라가기 시작했습니다. 자귀나무도 더운지 한여름 때처럼 축 늘어져 있고, 하늘도 흡사 바닥을 알 수 없는 연못처럼 보였습니다. 그때 누군가가 외쳤습니다.

"아, 누가 우리 어장을 망가트리고 있어."

그쪽을 보니 코가 유난히 뾰족한, 양복에 짚신을 신은 사람이 손에는 지팡이 같은 것을 들고 아이들의 물고기를 마구 휘젓고 있었습니다. 그 사내는 이쪽으로 첨벙거리며 물가를 걸어왔습니다.

"앗, 저 사람은 전매청 사람이야. 전매청에서 나왔어."

사타로가 말했습니다.

"마타사부로, 네가 딴 담뱃잎을 발견하고 널 잡으러 왔나 봐."

가스케가 말했습니다.

"난, 무섭지 않아."

사부로는 입을 앙 다물며 말했습니다.

"모두 마타사부로를 둘러싸. 빨리!"

이치로가 말했습니다.

그래서 쥐엄나무 한가운데에 사부로를 앉히고 아이들은 주위에 빙 둘러 에워쌌습니다.

"왔다, 왔어!"

아이들은 숨을 죽였습니다. 그러나 사내는 딱히 사부로를 잡으려는 기색도 없이 모두의 앞을 지나 강가를 더 올라가더니 얕은 여울을 건너려고 했습니다. 게다가 곧바로 강을 건너는 것이 아니라 짚신과 각반에 묻은 더러운 때를 씻어내려는 듯 신을 신은 채 몇 번이나 왔다갔다했습니다. 그것을 보고 아이들은 점차 두려움 대신에 어쩐지 맥이 빠지는 기분이 들었습니다. 그때 이치로가 말했습니다.

"내가 먼저 외칠 테니까 모두 따라서 소리쳐. 하나 둘 셋, 하면 외치는 거다, 알았지? 강을 더럽히지 마라, 선생님이 항상 말씀하셨다. 하나 둘 셋."

"강을 더럽히지 마라, 선생님이 항상 말씀하셨다."

그 사람은 깜짝 놀라 이쪽을 돌아보았지만 무슨 말인지 모르는 것 같았습니다. 그래서 아이들은 다시 외쳤습니다.

"강을 더럽히지 마라, 선생님이 항상 말씀하셨다."

코가 뾰족한 매부리코 사내는 뻐끔뻐끔 담배를 피울 때와 같이 입을 내밀며 말했습니다.

"이 물을 마시니, 여기 사람들은?"

"강을 더럽히지 마라, 선생님이 항상 말씀하셨다."

매부리코 사내는 조금 난처한 표정을 지으며 다시 말했습니다.

"강으로 들어가면 안 되는 거니?"

"강을 더럽히지 마라, 선생님이 항상 말씀하셨다."

그 사람은 당혹스러움을 얼버무리듯이 일부러 천천히 강을 건넌 후 마치 알프스산을 탐험하듯이 푸른빛이 도는 점토와 붉은 자갈이 섞인 절벽을 비스듬히 올라가 절벽 위 담배밭 사이로 사라졌습니다.

"뭐야, 날 잡으러 온 게 아니잖아."

사부로는 그렇게 말하고는 제일 먼저 풍덩 하고 물속으로 뛰어들었습니다.

아이들은 어쩐지 그 사내나 사부로가 불쌍했지만 한편으론 재미있어 하며 한 사람씩 나무에서 뛰어내렸습니다. 그리고 헤엄을 쳐서 물가에 도착한 아이들은 물고기를 수건에 싸거나 손에 들고 집으로 돌아갔습니다.

다음날 아침, 수업을 시작하기 전 모두가 운동장에서 철봉에 매달리거나 막대숨기기 놀이를 하고 있는데 조금 늦게 사타로가 무언가를 담은 소쿠리를 안고 조심스럽게 다가왔습니다.

"뭐야, 뭐야?"

모두들 달려와 들여다보았습니다.

사타로가 소매로 소쿠리를 가리면서 서둘러 학교 뒤쪽 바위굴로 가자 다들 그 뒤를 따라갔습니다. 소쿠리를 들여다본 이치로는 자기도 모르게 얼굴색이 변했습니다. 그것은 물고기를 잡는 데 쓰는 산초 가루로, 그것을 사용하면 발파와 마찬가지로 경찰에 잡혀갔기 때문입니다. 사타로는 그것을 바위굴 옆 억새 사이에 감추고는 시치미를 떼고 운동장으로 돌아왔습니다. 수업이 시작될 때까지 모두 소곤소곤 온통 그 이야기만 했습니다.

그날도 열 시 무렵부터 역시나 어제처럼 더워졌습니다. 아이들은 이제 수업이 끝나기만 기다렸습니다. 두 시가 되어 5교시가 끝나자 아이들은 우당탕퉁탕 교실을 뛰쳐나갔습니다.

사타로는 고스케를 비롯한 아이들에게 둘러싸여 소쿠리를 살짝 소매로 가리고 강가로 갔습니다. 사부로도 가스케와 함께 갔습니다. 아이들은 마을 축제 때 터트리는 폭죽처럼 매캐한 냄새가 나는 자귀나무 근처를 잽싸게 벗어나 그들의 집합소인 쥐엄나무가 있는 자갈밭에 도착했습니다. 한여름 구름처럼 예쁜 뭉게구름이 동쪽에서 뭉게뭉게 피어있고, 쥐엄나무는 파랗게 빛나고 있었습니다.

아이들이 서둘러 옷을 벗고 강가에 서자 사타로가 이치로를 보며 말했습니다.

"모두 한 줄로 서. 물고기가 뜨면 헤엄쳐서 잡아. 잡은 건 다 가져가도 좋아. 준비됐지?"

저학년 아이들은 신이 나서 상기된 표정으로 서로를 밀치며 쪼르륵 강을 둘러섰습니다. 베키치 등 서너 명은 벌써 헤엄을 쳐서 쥐엄나무 아래까지 가서 기다렸습니다. 사타로가 의기양양하게 상류로 올라가 얕은 물가에서 소쿠리를 점벙점벙 흔들었습니다.

모두 숨을 죽이고 강물을 바라보았습니다. 사부로는 물은 보지 않고 건너편의 뭉게구름 위로 날아가는 검은 새를 바라보았습니다. 이치로도 자갈밭에 앉아 돌을 딱딱 두드렸습니다. 그런데 한참이 지나도 물고기는 떠오르지 않았습니다.

사타로는 아주 진지한 표정으로 똑바로 서서 강물을 바라보았습니다. 아이들은 속으로 어제 발파 때 같았으면 벌써 열 마리는 잡았을 텐데, 생각하며 또 한참을 말없이 기다렸습니다. 그러나 여전히 물고기는 한 마리도 떠오르지 않았습니다.

"에이, 뭐야. 한 마리도 안 뜨잖아!"

고스케가 소리쳤습니다. 사타로는 뜨끔했지만 계속 뚫어지게 강물을 지켜보았습니다.

"물고기가 하나도 안 떠."

베키치도 건너편 나무 아래에서 소리쳤습니다. 그러자 아이들은 더 이상 기다리지 않고 와자하게 떠들며 물로 뛰어들어가 버렸습니다. 사타로는 잠깐 멋쩍은 듯 웅크리고 앉아서 강물을 바라보다가 결국 일어나며 말했습니다.

"우리 술래잡기 할래?"

"그래, 하자."

모두 소리를 지르며 가위바위보를 하기 위해 물속에서 손을 내밀었습니다. 헤엄을 치던 아이들은 서둘러 바닥이 닿는 곳까지 와서 손을 내밀었습니다.

자갈밭에 있던 이치로도 다가와 손을 내밀었습니다. 그리고 이치로는 어제 매부리코 아저씨가 올라갔던 절벽 아래의 푸르스름하고 미끈거리는 점토 주위를 술래 집으로 정했습니다. 거기에 술래보다 먼저 손을 대면 술래는 잡을 수 없는 놀이였습니다. 가위를 내는 사람이 술래가 되기로 하고 가위바위보를 했습니다.

에쓰지가 혼자 가위를 냈기 때문에 모두에게 놀림을 받으며 술래가 되었습니다. 입술이 새파래진 에쓰지는 자갈밭을 달려 기사쿠를 잡았고, 술래는 두 명이 되었습니다. 그렇게 아이들은 자갈 위나 물가를 이리저리 뛰어다니며 몇 번이나 술래잡기를 했습니다.

결국 마지막에 사부로가 술래가 되었습니다. 사부로는 얼마 안 있어 기치로를 잡았고, 아이들은 쥐엄나무 아래에서 그것을 보았습니다.

"기치로, 넌 저 강 위쪽에서부터 내려와. 알았지?"

사부로가 그렇게 말하고선 자신은 가만히 서서 보고 있었습니다.

기치로는 입을 벌리고 팔을 벌려 위쪽에서 점토 위로 달려 내려왔습니다. 모두 물로 뛰어 들어갈 준비를 했습니다. 이치로는 버드나무로 올라갔습니다. 그때 위쪽에서 달려오던 기치로는 발에 점토가 묻었는지 모두가 보는 앞에서 꽈당하고 미끄러져 넘어지고 말았습니다. 아이들은 신나게 소리 지르며 기치로를 뛰어넘기도 하고 물로 뛰어들기도 하여 상류의 파란 점토 위로 올라가 버렸습니다.

"마타사부로, 나 잡아 봐라."

가스케는 서서 입을 크게 벌리고 팔을 벌려 사부로를 놀렸습니다.

"좋아, 두고 봐."

아까부터 몹시 약이 올라 있던 사부로는 첨벙하고 물로 뛰어들어 아이들이 모여 있는 점토 언덕을 향해 열심히 헤엄쳐 갔습니다. 그의 머리카락 색이 붉은데다가 헝클어져 있고 또 너무 오래 물속에 있어서 입술도 파래졌기 때문에 아이들은 어쩐지 사부로가 무섭다는 생각이 들었습니다.

무엇보다 그 점토 위는 좁아서 모두가 올라갈 수 없었고, 게다가 표면이 미끄러워 쭉쭉 미끄러지는 언덕이었기 때문에 아래쪽에 있던 네다섯 명의 아이들은 위쪽에 있는 아이를 붙잡고 겨우 강으로 떨어지지 않으려고 버티고 있는 상황이었습니다.

이치로만 제일 위에 자리를 잡고 앉아 이러자 저러자, 하고 작전을 짜기 시작했습니다. 다들 머리를 처박고 열심히 들었습니다. 사부로가 헤엄쳐서 가까이까지 다가오자 아이들은 소리를 죽여 작은 소리로 소곤거렸습니다. 그때 사부로는 갑자기 두 손으로 모두에게 물을 뿌리기 시작했습니다. 아이들이 허둥대며 막아냈지만 점점 점토가 흘러내려 어쩐지 조금씩 아래로 미끄러지는 것 같았습니다. 사부로는 신이 나서 더 많이 물을 뿌렸습니다.

그러자 모두 첨벙첨벙하고 한꺼번에 미끄러지면서 물속으로 떨어졌습니다. 사부로는 떨어지는 아이들을 닥치는 대로 잡았습니다. 이치로도 잡았습니다. 가스케만 혼자 위로 돌아 헤엄쳐 도망을 쳤습니다. 사부로는 바로 추격해서 그를 잡았고, 팔을 잡아당겨 네다섯 번 빙빙 돌렸습니다. 가스케는 물을 먹었는지 물을 뿜어냈고 숨을 헐떡이며 말했습니다.

"나 이제 그만 할래. 이런 술래잡기는 안 해."

작은 아이들도 자갈밭으로 올라와 버렸습니다. 이제 사부로만 혼자 쥐엄나무 아래에 서 있었습니다.

어느새 하늘은 온통 검은 구름으로 덮여 있고 버드나무도 이상하게 하얗게 보였습니다. 산에 나무들도 음산하게 어두워져 있고 주변은 뭐라 표현할 수 없는 으스스한 경치로 바뀌어 있었습니다.

그런데 갑자기 우에노 노하라 주위에서 우르르 천둥이 치기 시작했습니다. 산사태가 일어날 때처럼 소리가 나더니 순식간에 소나기가 내리기 시작했습니다. 바람까지 윙윙 소리를 내며 불었습니다.

깊은 수면 위로 떨어지며 생기는 무수한 자국들이 물인지 돌인지 분간할 수 없을 정도의 굵은 빗방울이었습니다. 아이들은 자갈밭에 벗어둔 옷을 껴안고 자귀나무 아래로 도망갔습니다. 사부로도 그제야 무서워졌는지 쥐엄나무 아래에서 첨벙 물로 들어가 모두가 있는 곳으로 헤엄을 치기 시작했습니다.

그러자 누군가가 큰 소리로 외쳤습니다.

"비는 주룩주룩 비사부로, 바람은 휘익휘익 마타사부로."

다른 아이들도 한 목소리로 따라 외쳤습니다.

"비는 주룩주룩 비사부로, 바람은 휘익휘익 마타사부로."

무섭기도 하고 뒤에서 뭔가가 끌어당기는 것 같기도 하여 뛰다시피 물가로 올라온 사부로는 재빨리 모두가 있는 곳으로 달려와 몸을 덜덜 떨면서 물었습니다.

"지금 소리친 건 너희들이지?"

"아니, 우리 아닌데!"

모두 한 목소리로 외쳤습니다.

"우리, 아무 말도 안 했어."

베키치가 또 혼자 앞으로 나서며 말했습니다.

"그럼, 뭐였지?"

어쩐지 불길하다는 듯 강을 바라보던 사부로는 그렇게 중얼거렸고, 새파래진 입술을 언제나처럼 꾹 다문 채 몸을 덜덜 떨었습니다. 그리고 아이들은 비가 그치기를 기다렸다가 각기 집으로 돌아갔습니다.

획 휘익 휘이잉 휘이이잉
파란 호두도 날려 버려라
시큼한 모과도 날려 버려라
획 휘익 휘이잉 휘이이잉

며칠 전, 사부로에게 들었던 그 노래를 이치로는 꿈속에서 또 들었습니다.

깜짝 놀라 벌떡 일어나보니 밖엔 비바람이 몰아치고 있고 숲은 마치 울부짖는 것 같았습니다. 새벽녘의 검푸른 희미한 빛이 장지문과 선반 위의 등롱 등, 집안 구석구석을 비추고 있었습니다. 이치로는 얼른 옷을 갈아입고 신발을 신은 후 마당으로 내려가 마구간 앞을 지나 쪽문을 열었습니다.

순간 바람이 차가운 빗방울과 함께 확 들이쳤습니다.

마구간 뒤편에서 무언가 쾅당 넘어지는 소리가 나자 말이 푸르릉 울었습니다. 이치로는 바람이 가슴 속까지 들이치는 것 같아 훅하고 세게 숨을 내쉬었습니다.

그리고 밖으로 뛰쳐나갔습니다. 밖은 벌써 어렴풋이 밝아 있고 땅은 젖어 있었습니다. 집 앞의 밤나무들이 이상하게 파랗고 하얗게 보였습니다. 마치 바람과 비로 빨래라도 하는 것처럼 격렬하게 부대끼고 있었습니다.

파란 잎사귀 몇 장이 바람에 날려가고 터진 파란 밤송이는 검은 대지 위에 여기저기 나뒹굴었습니다. 하늘엔 시커먼 회색 구름이 휘익휘익 빠르게 북쪽으로 날아갔습니다.

멀리 보이는 숲은 마치 거친 바다처럼 웅웅거리며 소리를 내는 것 같기도 하고 쏴아쏴악 하고 비명을 지르는 것 같기도 했습니다. 이치로는 온 얼굴에 차가운 비를 맞았습니다. 입고 있던 옷도 날려버릴 듯한 바람 소리를 묵묵히 들으며 가만히 하늘을 올려다보았습니다.

그러자 가슴에 찰랑찰랑 파도가 이는 것 같았습니다. 그렇게 가만히 으르렁거리며 울부짖듯 달려가는 바람을 보고 있자 이번에는 덜컥 불안한 마음이 들이쳤습니다. 어제까지 언덕과 들판의 하늘 깊은 곳에 조용히 숨죽이고 있던 바람이 오늘 새벽에 일제히 움직이기 시작해 다스카로라 해구*의 북쪽 끝을 향해 달려가는구나, 생각하니 갑자기 이치로는 얼굴이 화끈해지며 헉헉 숨도 찼습니다. 마치 자신도 함께 하늘을 달려가는 것 같은 기분이 들었습니다. 이치로는 황급히 집안으로 들어가 가슴을 쫙 펴며 숨을 길게 후욱 내쉬었습니다.

"굉장한 바람이다. 오늘은 담배도 밤나무도 못 버티겠구나."

이치로의 할아버지가 쪽문 근처에 서서 꼼짝 않고 하늘을 바라보았습니다. 이치로는 서둘러 우물에서 물통 가득 물을 퍼 올려 쓱싹쓱싹 부엌을 쓸었습니다. 그리고 놋대야를 꺼내 푸우푸우 세수를 한 다음 찬장에서 차가운 밥과 된장국을 꺼내 정신없이 먹었습니다.

"이치로, 금방 국 끓일 테니 조금만 기다려. 오늘 따라 왜

---

* 　러시아 캄차카 반도와 일본 홋카이도 사이(쿠릴 해구)의 중앙부를 일컫는다. 북위 44도 17분, 동경(東經) 150도 30분에 있는 해연으로 1874년 미합중국 선박 '다스카로라'가 수심 8,514미터를 관측한 것에서 유래해 다스카로라고도 불린다.

이리 서두르니?"

어머니는 말에게 줄 여물을 삶기 위해 아궁이에 나무를 넣으면서 물었습니다.

"응, 마타사부로가 날아가 버렸을지도 몰라."

"마타사부로라니? 그게 뭔데? 새 이름이야?"

"아니, 마타사부로라고 하는 아이야."

이치로는 서둘러 밥을 먹고는 밥그릇을 대충 씻었습니다. 그리고 부엌 벽에 걸려 있는 우비를 입고 신발은 든 채 맨발로 가스케의 집으로 향했습니다.

"금방 먹을 게, 조금만 기다려 줘."

방금 일어난 가스케가 밥을 먹는 동안 이치로는 잠시 마구간 앞에서 기다렸습니다.

얼마 후 가스케는 작은 도롱이를 입고 집을 나섰습니다. 거센 바람과 비를 흠뻑 맞으며 두 소년은 간신히 학교에 도착했습니다. 현관으로 들어가자 교실은 아직 조용했고, 여기저기 창문 틈으로 비가 들어와 마루는 흥건하게 젖어 있었습니다.

"가스케, 우리 물을 쓸어내자."

이치로는 잠시 교실을 둘러본 후 종려나무 빗자루를 가져와 물을 창가 밑에 나 있는 구멍으로 쓸었습니다. 그때 이 시간에 누가 왔나 싶었는지 안에서 선생님이 나왔습니다. 이상한 것은 선생님이 벌써 평소 입고 다니던 단벌옷에 빨간 부채를 들고 있다는 것이었습니다.

"왜 이렇게 빨리 왔어? 너희 둘이 교실 청소를 하고 있었구나?"

선생님이 물었습니다.

"선생님, 안녕하세요?"

이치로가 인사를 했습니다.

"선생님, 안녕하세요. 선생님, 마타사부로 오늘 학교에 오나요?"

가스케도 인사를 하며 물었습니다.

선생님은 잠깐 생각을 하더니 말했습니다.

"마타사부로? 아, 다카다 말이구나? 으음, 다카다는 어제 아버지와 함께 다른 곳으로 떠났단다. 일요일이어서 모두에게 작별 인사할 시간도 없었구나."

"선생님, 날아서 갔나요?"

가스케가 물었습니다.

"아니, 회사에서 다카다의 아버지에게 돌아오라는 전보를 보냈다는구나. 아버지는 나중에 잠깐 이곳으로 돌아와 일을 마무리 할 것 같은데 다카다는 계속 그곳에서 학교를 다닐 거래. 어머니도 그곳에 계시니까."

"왜 회사에서 부른 거예요?"

"이곳 몰리브덴 광맥에서 당분간 손을 떼기로 했다나 봐."

"그랬구나. 역시 그 녀석은 바람의 아들, 마타사부로였어."

가스케가 큰소리로 외쳤습니다.

숙직실 쪽에서 뭔가 달그락거리는 소리가 났습니다. 선생님은 빨간 부채를 들고 급하게 그쪽으로 갔습니다. 두 소년은 말없이 상대가 정말 어떻게 생각하는지 탐색하려는 듯 서로의 얼굴을 마주보고 서 있습니다.

바람은 여전히 세차게 불고, 빗방울에 흐려진 창문은 또 덜컹덜컹 소리를 냈습니다.

첼리스트 고슈

김미숙 역

고슈는 무성 영화관의 첼로 연주자입니다. 그러나 실력은 별로라는 평을 받았습니다. 잘하기는커녕 동료 연주자들 중에서 실력이 가장 떨어져 악장에게 항상 지적을 받았습니다.

오후에 모두 연습실에 둥그렇게 둘러 앉아 이번 마을 음악회에서 연주할 제6번 교향곡을 연습하고 있었습니다.

트럼펫 연주자는 트럼펫을 열심히 붑니다.

바이올린 연주자도 두 가지 음색으로 바이올린을 켭니다.

클라리넷과 오보에도 거기에 소리를 더합니다.

고슈도 앙 다문 입술에 눈을 크게 뜨고 악보를 보면서 열심히 첼로를 켭니다.

갑자기 "딱" 하고 악장이 손뼉을 쳤습니다. 모두 일제히 하던 곡을 멈추고 조용해졌습니다. 악장이 소리를 질렀습니다.

"첼로 늦잖아. 딴 따따 따따따따, 여기부터 다시 해 봐. 시작!"

모두 방금 전의 조금 앞부분부터 다시 시작했습니다. 고슈는 얼굴이 벌개져서 이마에 땀을 흘리며 방금 지적 받은 곳을 겨우 통과했습니다. 가슴을 쓸어내리며 계속 켜 가는데 악장이 또 손을 "딱" 하고 쳤습니다.

　"첼로, 줄이 안 맞아. 곤란하군. 내가 지금 자네에게 도레미파까지 가르쳐야 하나."

　다른 대원들은 민망하여 일부러 자기 악보를 들여다보기도 하고 각자의 악기를 튕겨 보기도 합니다. 고슈는 당황해 하며 줄을 맞추었습니다. 실은 고슈의 실력도 실력이지만 더 큰 문제는 첼로에 있었던 것입니다.

　"바로 앞 소절부터. 시작!"

　대원들은 다시 시작했습니다. 고슈는 입을 꾹 다문 채 최선을 다했습니다. 이번에는 진도가 상당히 많이 나갔습니다. 다행이다 생각하는데 악장이 위협하듯이 또 "딱" 하고 손뼉을 쳤습니다. 고슈는 또 가슴이 철렁 내려앉았지만 다행이 이번에는 다른 사람이었습니다. 그래서 고슈는 아까 자신이 혼날 때 모두가 그랬던 것처럼 일부러 자기 악보를 가까이 들여다보며 뭔가를 생각하는 척 했습니다.

　"그럼 바로 이어서. 시작!"

　마음을 다잡고 다시 시작한지 얼마 후 갑자기 악장이 발을 쿵 하고 구르며 소리 지르기 시작했습니다.

"틀렸어. 도무지 안 되겠군. 이 부분은 이 곡의 클라이맥스야. 그런데 이 부분을 살리지 못하잖아. 여러분 연주까지 앞으로 열흘 밖에 남지 않았어. 음악을 전문으로 하는 우리가 저 대장간의 대장장이나 사탕 가게 점원이 모인 오합지졸에 진다면 도대체 우리 체면은 뭐가 되겠나. 어이 고슈 군. 특히 자네는 말이야, 표정이라는 게 전혀 없어. 기쁨과 슬픔, 이런 감정이 전혀 나타나지 않는다고. 게다가 왜 다른 악기와 척척 못 맞추는 거지. 항상 자네만 끈 풀린 구두를 끌고 모두의 뒤를 따라가는 꼴이야. 이러면 곤란해. 정신 똑바로 차려. 전통 있는 우리 금성음악단이 자네 한 사람 때문에 혹평을 받게 된다면 모두에게 얼마나 미안한 일인가? 오늘 연습은 여기까지. 쉬었다가 6시 정각에 연습실에 모이도록!"

대원들은 서로 인사를 하고 각자 담배에 불을 붙이거나 어딘가 밖으로 나가거나 했습니다. 고슈는 그 고물 상자 같은 첼로를 안고 벽을 보고 앉아 입을 삐죽거리며 눈물을 뚝뚝 흘렸습니다. 그러다가 마음을 가다듬고 아무도 없는 연습실에서 지금 한 부분을 처음부터 다시 조용히 켜기 시작했습니다.

그날 밤 늦게 고슈는 크고 시커먼 짐을 등에 지고 자기 집으로 돌아왔습니다. 집이라고 해야 마을 외곽의 강가에 있는 다 무너져가는 물방앗간으로, 고슈는 그곳에서 혼자 살았습니다. 오전에는 물방앗간 주변의 텃밭에서 토마토의 가지를 치거나 양배추 벌레를 잡았고, 오후가 되면 연습실로 나가는 것이 그의 일상이었습니다.

고슈는 집에 들어와 불을 켜고 메고 온 검은 가방을 열었습니다. 그것은 다름 아닌, 그 날 연습실에서 혼자 이상한 소리를 냈던 첼로였습니다. 고슈는 그것을 마루 위에 살며시 내려놓은 후 선반에서 컵을 꺼내 양동이의 물을 떠서 벌컥벌컥 마셨습니다.

그리고 나서 머리를 한 번 흔들고 의자에 앉아 마치 호랑이 같은 기세로 낮에 했던 곡을 켜기 시작했습니다. 악보를 넘기면서 켜고 생각하고, 생각하고 켜기를 반복하며 끝까지 연주했고, 마치면 처음부터 다시 하기를 몇 번이고 했습니다.

밤이 깊어지자 이젠 자신이 뭘 켜고 있는지도 모를 지경이었습니다. 얼굴도 벌겋게 달아오르고 눈에도 온통 핏발이 선 무시무시한 얼굴의 고슈는 금방이라도 쓰러질 것 같았습니다.

그때 누군가가 뒷문을 탕탕탕 두드렸습니다.

"호슈니?"

고슈는 비몽사몽간에 소리를 질렀습니다. 그런데 문을
스윽 밀고 들어온 것은 지금까지 대여섯 번 본 적이 있는 큰
얼룩 고양이였습니다.

고슈의 텃밭에서 딴, 반쯤 익은 토마토를 꽤나 무거운 듯
가져와서 고슈 앞에 내려놓으며 말했습니다.

"아아, 힘들다. 상당히 무거운 걸."

"뭐야?"

고슈가 물었습니다.

"이건 선물이에요. 맛있게 드세요."

얼룩 고양이가 말했습니다.

낮부터 속상했던 고슈의 마음이 한꺼번에 터지고 말았
습니다.

"누가 네놈에게 토마토 따위 가져오라고 했어? 내가 네
놈이 가져 온 걸 먹을 것 같아? 게다가 그 토마토는 우리 밭
에서 따온 거잖아. 뭐야, 아직 익지도 않은 걸 따오고. 지금까
지 토마토 줄기를 갉아먹거나 망가트린 것도 너였지? 꺼져

212

버려. 이놈의 고양이 녀석!"

그러자 고양이는 어깨를 동그랗게 말고 눈치를 살피면서도 입가엔 야옹야옹 웃음을 지으며 말했습니다.

"선생님, 그렇게 화를 내시면 건강에 해롭습니다. 그보다 슈마의 타로메라이*를 켜 보세요. 들어드릴게요."

"뭐? 건방진 녀석. 고양이 주제에."

고슈는 화가 나서 이 고양이 녀석을 어떻게 혼내 줄까 잠시 생각했습니다.

"사양치 말고 켜 보세요. 난 어차피 선생님 음악을 듣지 않으면 잠을 못 잔답니다."

"건방지군, 아주 건방져. 아주 시건방진 녀석이야."

고슈는 얼굴이 시뻘개져서 낮에 악장이 했던 것처럼 발을 쿵 구르며 소리 질렀습니다. 그러다가 마음을 갑자기 바꾸어 말했습니다.

---

* 19세기 독일의 낭만파 작곡가인 슈만의 어린이 정경 op. 15 전곡(13곡) 중 제7곡인 트로이메라이 (Traumerei)를 말한다. 슈만을 '슈마'라고 한 것과 트로이메라이를 '타로메라이'라고 한 것은 고양이의 잘난 척하는 모습을 나타내기 위함이다.

"그래 좋아. 한번 켜 보지."

고슈는 무슨 생각을 했는지 문에 열쇠를 걸었고 창문도 모두 닫아 버렸습니다. 그리고 첼로를 잡고 불을 껐습니다. 그러자 창문으로 하현달* 달빛이 실내로 어렴풋이 들어왔습니다.

"무얼 켤까?"

"타로메라이, 로만틱 슈마 작곡."

고양이는 입을 훔치고 잘난 척하며 말했습니다.

"그래? 타로메라이라, 이걸 말하는 건가?"

첼리스트는 무슨 꿍꿍이인지 우선 천 조각을 둘로 찢어 자기 귓구멍을 틀어막았습니다. 그리고 마치 태풍 같은 기세로 '인도의 호랑이 사냥'을 켜기 시작했습니다.

고양이는 잠시 고개를 숙이고 듣고 있다가 갑자기 눈을 깜빡깜빡 하는가 싶더니 문 쪽으로 홱 물러섰습니다. 그리고 별안간 쿵 하고 문에 몸을 날렸지만 문은 열리지 않았습니

---

* 매달 음력 22일~23일경 자정에 동쪽 하늘에서 떠서 새벽에 남쪽 하늘로 지는 달이다.

다. 고양이는 이건 자신의 일생일대의 실수라는 듯 당황하기 시작하였고 눈과 이마에서는 번쩍번쩍 스파크가 튀었습니다. 이어서 입가의 수염에서도 코에서도 불꽃이 일어 고양이는 간질간질 재채기가 나올 것 같았습니다. 그리고 더는 못 견디겠다는 듯 도망치기 시작했습니다. 고슈는 너무 재미있어서 점점 더 힘차게 활을 켰습니다.

"선생님 이제 충분합니다. 됐어요, 그만요. 제발 부탁이니 그만 하십시오. 앞으로는 선생님의 지휘봉도 건들지 않겠습니다."

"조용히 해. 이제부터가 호랑이를 잡는 부분이야."

고양이는 괴로워서 날뛰며 돌아다니다 벽에 몸을 딱 붙였습니다. 벽에 난 자국이 잠시 창백하게 빛났습니다. 나중엔 마치 풍차처럼 고슈 주위를 뱅글뱅글 돌았습니다.

"그럼 이걸로 용서해 주지."

고슈도 조금 어지러웠기 때문에 이렇게 말하며 활을 멈추었습니다.

안정을 되찾은 고양이도 천연덕스럽게 말했습니다.

"선생님, 이번 연주는 꽤 훌륭했습니다."

고슈는 또 울컥하고 화가 났지만 아무렇지 않은 듯 담배를 하나 꺼내 입에 물고 성냥개비 하나를 꺼내며 말했습니다.

"어때, 몸은 괜찮아? 혀 좀 내밀어 봐."

고양이는 바보같이 뾰족하고 긴 혀를 날름 내밀었습니다.

"하하하, 아직 숨이 찬가 보군."

고슈는 그렇게 말하며 갑자기 성냥을 혓바닥에 스윽 그어 자기 담배에 불을 붙였습니다. 고양이는 아주 놀랐는지 혀를 풍차처럼 돌리며 입구 문으로 가서 머리를 쿵 박았습니다. 비틀비틀 돌아와서는 다시 쿵 하고 부딪혔습니다. 비틀비틀 다시 돌아와 또 부딪히고⋯. 이렇게 비틀거리며 도망갈 길을 찾았습니다.

고슈는 잠시 그 모습을 재미있게 보다가 말했습니다.

"보내 주지. 이제 다신 오지 마. 이 바보야."

고슈는 문을 열어 주었고, 고양이가 바람처럼 억새 사이를 달려가는 것을 보며 또 피식 웃었습니다. 그리고 그제야 기분이 좀 풀렸는지 푹 잠을 잤습니다.

다음 날 밤도 고슈는 검은 첼로 케이스를 메고 집으로 돌아왔습니다. 그리고 물을 벌컥벌컥 마신 뒤 어젯밤처럼 기잉

기기 하고 첼로를 켜기 시작했습니다. 열두 시가 지나고, 한 시가 지나고, 두 시가 지나도 고슈는 계속 연습을 했습니다. 그리고 이제 몇 시인지도, 무얼 연주하는 지도 모른 채 '기잉 기잉' 켜고 있는데 누군가가 지붕 밑을 똑똑 두드렸습니다.

"요놈의 고양이 녀석, 아직 정신을 못 차렸나 보군!"

고슈가 소리를 지르자 천장 구멍에서 푸드득 소리를 내며 회색 새 한 마리가 갑자기 내려왔습니다. 바닥에 앉은 것을 보니 그것은 뻐꾸기였습니다.

"이제는 새까지 오다니, 무슨 일이야?"

고슈가 물었습니다.

"음악을 배우고 싶어서 왔어요."

뻐꾸기는 새침하게 말했습니다.

"음악이라고? 너희 노래는 뻐꾹, 뻐꾹 하는 것 밖에 없잖아."

그러자 뻐꾸기가 아주 진지하게 말했습니다.

"네, 그렇습니다. 그런데 그게 아주 어려워요."

"어렵다니, 너희 소리는 그냥 울기만 하면 되는 거 아냐? 무슨 요령이 있다고 그래?"

"그런데 그게 힘들어요. 예를 들면 뻐꾹, 이렇게 우는 것과 뻐꾹, 이렇게 우는 것은 들어 보면 아주 다르거든요."

"똑같은데?"

"그건 선생님이 몰라서 그래요. 우리는 뻐꾹 하고 만 번을 울면 만 번 다 다르게 들리거든요."

"잘났군, 그렇게 잘 알면서 왜 나한테까지 온 거지?"

"하지만 나는 도레미파를 정확하게 소리 내고 싶어요."

"너희에게도 도레미파 같은 게 있단 말이야?"

"네, 다른 나라로 떠나기 전에 꼭 배우고 싶어요."

"외국에도 그런 게 있어?"

"선생님 부디 도레미파를 가르쳐 주세요. 제가 따라서 부를게요."

"귀찮군. 그럼 세 번만 켜줄 테니 끝나면 얼른 돌아가."

고슈는 첼로를 잡고 퉁퉁 줄을 맞춘 후 도레미파솔라시도를 켰습니다. 그러자 뻐꾸기는 황급히 날개를 파닥거렸습니다.

"달라요. 소리가 틀렸어요. 그 소리가 아니에요."

"시끄러워. 그럼 네가 해 봐."

"이래요."

뻐꾸기는 몸을 앞으로 숙이고 잠시 자세를 취하더니 "뻐꾹" 하고 한 번 울었습니다.

"뭐야. 그것이 도레미파야? 너희에게는 도레미파도 제6번 교향곡도 모두 똑같은 소리겠군."

"아니, 그렇지 않아요."

"어떻게 다른데?"

"문제는 이것을 계속 이어서 부르는 데 있어요."

"결국 이렇게 되겠구나."

첼리스트는 다시 첼로를 잡고 뻐꾹, 뻐꾹, 뻐꾹, 뻐꾹, 뻐꾹 하고 이어서 켰습니다.

그러자 뻐꾸기는 아주 좋아하면서 중간부터 뻐꾹, 뻐꾹, 뻐꾹, 뻐꾹, 뻐꾹 따라서 불렀습니다. 그것도 아주 열심히 몸을 숙이고 언제까지나 부르는 것이었습니다.

"이봐, 이제 그만하자."

고슈는 손이 아파서 계속 할 수가 없었습니다. 그러자 뻐꾸기는 아쉬운 듯 눈을 치켜 올리며 한참을 더 소리 내어 울다가 "…뻐꾹 뻐억국 뻐뻐뻐뻐" 하고 멈추었습니다.

"이봐, 이제 용무가 끝났으면 돌아가."

고슈는 몹시 화를 내며 말했습니다.

"부디 한 번 만 더 켜주세요. 당신의 소리는 괜찮은 것 같으면서 조금 틀려요."

"뭐라고? 네가 나를 가르치는 거야? 돌아가."

"부디 한 번 만 더 부탁드립니다. 제발."

뻐꾸기는 머리를 몇 번이나 까닥까닥 조아렸습니다.

"그럼 이게 정말 마지막이야."

고슈는 활을 준비했습니다. 뻐꾸기는 "꼴깍" 하고 숨을 한번 삼키고는 한 번 더 인사를 했습니다.

"그럼 가능하면 길게 부탁드립니다."

"참 성가시군."

고슈는 쓴웃음을 지으며 첼로를 켜기 시작했습니다. 그러자 뻐꾸기는 다시 아주 진지하게 "뻐꾹, 뻐꾹, 뻐꾹" 몸을 숙이고 정말 열심히 소리를 냈습니다.

고슈는 처음에는 짜증이 났지만 계속 켜다 보니 문득 새가 정확한 도레미파 소리를 내고 있다는 생각이 들었습니다. 어쩐지 켜면 켤수록 뻐꾸기의 소리가 더 좋은 것 같은 느낌이 들었던 것입니다.

'에이, 이런 바보짓을 계속 하고 있다니, 이러다 내가 뻐꾸기가 되겠어.'

고슈는 갑자기 뚝하고 활을 멈추었습니다.

그러자 뻐꾸기는 툭하고 한 방 얻어맞은 것처럼 비트적거리다가 또 아까처럼 "뻐꾹, 뻐꾹, 뻐꾹, 뻐뻐뻐뻐뻐" 하고 멈추었습니다. 그리고 원망스러운 듯 고슈를 보며 말했습니다.

"왜 멈췄나요? 우리라면 아무리 끈기 없는 애라도 목에서 피가 나올 정도로 울었을 거예요."

"뭐야? 아주 건방지군. 이런 바보 같은 흉내를 언제까지 하란 말이야? 이제 가. 봐봐, 벌써 동이 트고 있잖아."

고슈가 창을 가리켰습니다.

어렴풋이 은빛을 띠고 있는 동쪽 하늘에 시커먼 구름이 북쪽으로 빠르게 지나가고 있었습니다.

"그럼 해님이 나올 때까지만…. 다시 한 번만, 이제 조금만 더하면 돼요."

뻐꾸기는 또 머리를 숙였습니다.

"시끄러워. 건방진 녀석. 안 나가면 잡아서 아침 반찬으로 해 먹어 버릴 테야.”

고슈는 힘껏 발을 굴렀습니다.

그러자 뻐꾸기는 화들짝 놀라 갑자기 창문을 향해 날았습니다. 그러나 유리에 머리를 세게 부딪히고는 아래로 털썩 떨어졌습니다.

“뭐야, 유리로 날아가고. 바보같이.”

고슈는 황급히 일어나 창문을 열려고 했지만 원래 이 창문은 그리 쉽게 열리는 창문이 아니었습니다. 고슈가 창틀을 덜컥덜컥 흔드는 동안에 또 뻐꾸기가 툭 하고 부딪히며 아래로 떨어졌습니다. 뻐꾸기를 보니 부리 부근에서 피가 조금 났습니다.

“지금 열고 있잖아. 좀 기다려.”

고슈가 겨우 손가락 넓이만큼 창문을 열었습니다. 뻐꾸기는 일어나서 이번에는 어떻게든 꼭 나가겠다는 듯 가만히 창밖의 동쪽 하늘을 응시하다가 힘껏 바람을 일으키며 휙 날았습니다. 물론 이번에는 전보다 더 세게 유리에 부딪혔기 때문에 뻐꾸기는 아래로 떨어져 잠시 의식을 잃었습니다. 잡아서 날려 주기 위해 고슈가 손을 뻗자 갑자기 눈을 번쩍 뜬 뻐꾸기는 뒤로 홱 물러났습니다. 그리고 다시 유리창을 향해 날아가려고 했습니다. 고슈는 엉겁결에 발을 뻗어 창을 세게 찼습니다. 유리 두세 장이 '와장창' 소리를 내며 깨지고 창은 통째로 밖으로 떨어져 나갔습니다. 그 휑하게 빈 창문으로 뻐꾸기는 화살처럼 밖으로 날아갔고, 그 끝없는 하늘을 직선으로 날아가 더는 보이지 않게 되었습니다. 고슈는 잠시 멍하니 밖을 바라보다가 쓰러지듯이 그대로 방 한 켠에서 잠이 들고 말았습니다.

다음날 밤도 고슈는 자정을 넘기면서까지 첼로를 켰고, 피곤해서 물을 한 잔 마시던 차에 또 똑똑 문 두드리는 소리가 들렸습니다.

오늘 밤엔 누가 오든 어젯밤에 뻐꾸기에게 했던 것처럼 처음부터 겁을 주어 쫓아 버려야겠다고 생각했습니다. 컵을 들고 기다리는데 문을 살짝 열고 들어온 것은 새끼 너구리 한 마리였습니다. 고슈는 문을 조금 더 넓게 열어 주고는 쿵하고 발을 구르며 소리쳤습니다.

"야. 너, 너구리 스프라는 거 알아?"

그러자 새끼 너구리는 멍한 얼굴로 똑바로 앉아 전혀 모르겠다는 표정으로 고개를 갸웃거렸습니다.

"너구리 스프요? 난 모르겠는데요."

고슈는 그 얼굴을 보자 자기도 모르게 웃음이 나올 것 같았습니다. 그러나 꾹 참고 무서운 표정을 지으며 말했습니다.

"그럼 알려 주지. 너구리 스프란 말이야. 너 같은 너구리에 양배추와 소금 등을 넣고 같이 푹 끓여서 먹는 음식이야."

그러자 새끼 너구리는 다시금 이상하다는 듯이 말했습니다.

"근데 우리 아빠가 고슈 아저씨는 아주 좋은 사람이고 무섭지 않으니 아저씨에게 가서 배워 오라고 했는걸요."

그 말에 고슈도 끝내 웃음을 터트리고 말았습니다.

"뭘 배우라고 했는데? 난 몹시 바쁜 사람이야. 게다가 잠도 자야 한단 말이야."

새끼 너구리는 갑자기 용기가 났는지 한 발 앞으로 다가서며 말했습니다.

"난 작은북 담당이에요. 첼로에 맞춰 보고 오라고 하셨어요."

"작은 북이 없잖아."

"그건, 이걸로."

새끼 너구리는 등에서 나뭇개비 두 개를 꺼냈습니다.

"그걸로 어떡하려고."

"우선, '유쾌한 마차'를 켜 주세요."

"뭐, 유쾌한 마차? 재즈 곡이니?"

"여기 악보 있어요."

새끼 너구리는 다시금 등에서 악보 한 장을 꺼냈습니다. 고슈는 그것을 보고 웃었습니다.

"하하, 이상한 곡이군. 좋아, 자, 시작한다. 너는 작은북을 쳐."

고슈는 새끼 너구리가 어떻게 하나 싶어 슬쩍슬쩍 그쪽을 보면서 켜기 시작했습니다. 새끼 너구리는 막대를 들고 첼로의 굄목 아래를 박자에 맞춰 탁탁 두드리기 시작했습니다. 그 솜씨가 꽤 좋았기 때문에 첼로를 켜면서 고슈는 이거 제법인 걸, 하고 생각했습니다. 곡이 끝나자 새끼 너구리는 잠시 고개를 갸우뚱했습니다. 그리고 겨우 생각났다는 듯 말했습니다.

"고슈 아저씨는 이 두 번째 줄을 켤 때 이상하게 늦어요.

꼭 내가 뭔가에 걸리는 것 같거든요."

고슈는 깜짝 놀랐습니다. 사실 그 줄은 아무리 신경을
써도 조금 늦게 소리가 난다고 어젯밤부터 생각하고 있었
거든요.

"그래, 그럴지도 몰라. 이 첼로는 고물이거든."

고슈는 침통한 표정으로 말했습니다. 그러자 너구리는
불쌍하다는 듯 다시 잠시 생각하고는 말했습니다.

"어디가 문제일까…. 다시 한 번 켜 주실래요."

"좋아. 다시 할게."

고슈는 다시 켰습니다. 새끼 너구리는 아까처럼 탁탁 굄
목을 치면서 가끔 머리를 갸웃하기도 했고 첼로에 귀를 바짝
붙여 보기도 했습니다. 그리고 연주가 끝날 즈음엔 어제처럼
오늘도 동쪽이 희미하게 밝아져 있었습니다.

"아, 벌써 날이 밝았군요. 감사합니다."

새끼 너구리는 몹시 허둥대며 악보와 나뭇개비를 등에
지고 고무테이프로 꽁꽁 묶은 다음 인사를 두세 번 하고 서
둘러 밖으로 나갔습니다.

고슈는 멍하니 어젯밤에 부서진 창문으로 들어오는 바람

을 들이마셨습니다. 그리고 연습실로 가기 전에 잠을 자서 기운을 차려야겠다고 생각하고 서둘러 잠자리에 들었습니다.

다음날 밤에도 고슈는 밤새 첼로를 켰습니다. 새벽녘에 자신도 모르게 피곤해서 악보를 든 채 꾸벅꾸벅 졸고 있었습니다. 그때 또 누군가가 똑똑 문을 두드렸습니다. 들릴까 말까 할 정도로 작은 소리였지만 매일 밤 있는 일이라 고슈는 금세 알아차렸습니다.

"들어와."

그러자 문틈으로 들어온 것은 들쥐였습니다. 어린 새끼를 데리고 쪼르륵 고슈 앞으로 걸어왔습니다. 새끼 들쥐는 고작 지우개만 했기 때문에 고슈는 자기도 모르게 웃음이 나왔습니다. 그러자 어미 들쥐는 자기네를 보고 왜 웃는지 몰라 두리번거리다가 고슈 앞으로 와서 파란 도토리 한 알을 앞에 내려놓고 정중하게 인사하며 말했습니다.

"선생님, 이 아이가 몸이 아파 곧 죽을 거 같아요. 선생님의 자비로 고쳐 주세요."

"난, 의사도 아니 걸."

고슈는 조금 퉁명스럽게 말했습니다. 그러자 어미 들쥐

는 말없이 잠시 고개를 숙이고 있다가 다시 결심을 했는지 말했습니다.

"선생님, 그건 거짓말이에요. 선생님은 매일 그렇게 모두의 병을 잘 고쳐 주고 계시잖아요."

"무슨 말인지 모르겠는데!"

"선생님, 선생님 덕분에 토끼 할머니도 나았고, 너구리 아버지도 나았어요. 심술쟁이 부엉이까지 고쳐 주셨으면서 이 아이만 살려 주지 않겠다니, 너무 매정하신 거 아닌가요?"

"잠깐, 잠깐. 그건 뭔가 잘못 알고 있는 거야. 난 부엉이의 병 같은 건 고쳐준 적 없는 걸. 사실 너구리 새끼가 어젯밤에 와서 악대 흉내를 내고 가기는 했지만. 하하하."

고슈는 어이가 없어서 그 새끼 들쥐를 내려다보며 웃었습니다. 그러자 어미 들쥐는 울기 시작했습니다.

"아, 어차피 병이 날 거면 좀 빨리 날 걸 그랬어. 아까까지 그렇게 '기잉기잉' 소리를 내시다가 이 아이가 병이 나니까 뚝 소리를 멈추고는 이제 아무리 부탁해도 켜 주지 않으시겠다니…. 아이고 불쌍한 내 새끼."

고슈는 깜짝 놀라 외쳤습니다.

"뭐라고? 내가 첼로를 켜면 부엉이와 토끼의 병이 낫는다고? 그게 도대체 무슨 말이지?"

들쥐는 한 손으로 눈물을 닦으며 말했습니다.

"네, 이곳의 동물들은 병이 나면 모두 선생님 집 마루 밑에 들어가 병을 고치거든요."

"그럼 낫는단 말이야?"

"네, 몸의 혈액순환이 좋아져서 기분 좋게 바로 낫는 경우도 있고 집에 돌아가서 낫는 경우도 있습니다."

"아아, 그래? 내 첼로 소리가 '깅깅' 울리면 그것이 안마를 대신해 너희들의 병을 낫게 한다는 거야? 좋아, 알았어. 연주해 줄게."

고슈는 잠깐 끼끼, 줄을 맞추었고 느닷없이 새끼 들쥐를 집어 첼로 구멍 속으로 넣어 버렸습니다.

"나도 함께 들어갈래요. 어느 병원엘 가도 그렇게 하니까요."

어미 들쥐는 미친 듯이 첼로를 향해 달려들었습니다.

"너도 들어가고 싶어?"

고슈는 어미 들쥐를 첼로 구멍으로 넣어주려고 했지만

얼굴이 반밖에 들어가지 않았습니다.

들쥐는 바둥거리면서 구멍 속의 새끼에게 외쳤습니다.

"거긴 괜찮니? 항상 가르쳐 주던 대로 떨어질 때 발을 모으고 안전하게 착지한 거지?"

"네, 잘 떨어졌어요."

새끼 들쥐는 마치 모기만한 작은 소리로 첼로 바닥에서 대답했습니다.

"걱정하지 마. 울지 말고."

고슈는 어미 들쥐를 내려다보며 활을 들고 광상곡인가 뭔가 하는 곡을 기잉기잉, 켜기 시작했습니다.

그러자 어미 들쥐는 몹시 걱정하며 그 소리를 들었습니다. 그러다 못 기다리겠다는 듯 말했습니다.

"이제 됐습니다. 부디 그 아이를 꺼내 주세요."

"이걸로 됐다고?"

고슈가 첼로를 기울여 구멍에 손을 대고 기다리자 얼마 후 새끼 들쥐가 나왔습니다. 고슈는 말없이 새끼를 내려 주었습니다. 새끼는 눈을 꼭 감고 부들부들 떨고 있었습니다.

"어떠니, 기분은 괜찮니?"

새끼 들쥐는 아무 대답도 하지 않고 여전히 눈을 감은 채 부들부들 떨고 있다가 갑자기 일어나 달리기 시작했습니다.

"아, 좋아졌구나. 감사합니다. 감사합니다."

어미 들쥐도 새끼와 함께 달리다가 잠시 후 고슈 앞에 와서 고개를 숙이며 "감사합니다, 감사합니다" 하고 열 번쯤 인사를 했습니다.

고슈는 어쩐지 멋쩍은 기분에 물었습니다.

"너희들 빵 먹니?"

그러자 어미 들쥐는 깜짝 놀란 듯 두리번두리번 주위를 둘러보고 나서 말했습니다.

"아니요, 빵이란 밀가루를 반죽하여 찐 것으로 포근포근하게 부풀어 오른 것이 아주 맛있어 보이는 것이죠. 그러나 우리는 선생님 댁의 찬장 따윈 거들떠보지도 않았습니다. 더구나 이렇게 신세까지 졌는데 어찌 그것을 가져갔겠습니까."

"아니, 그게 아니라 그냥 먹느냐고 물어 본 거야. 그럼 먹을 수 있는 거지. 잠깐 기다려. 속이 안 좋은 네 새끼에 줄게."

고슈는 첼로를 바닥에 두고 찬장에서 빵 한 움큼을 떼어 내 들쥐 앞에 놓았습니다.

들쥐는 마치 바보라도 된 마냥 울다가 웃다가 인사하기를 몇 번이나 하고는 소중하게 빵을 물고 새끼를 앞세워 밖으로 나갔습니다.

"아아, 들쥐와 얘기하는 것도 꽤 피곤하군."

고슈는 침대에 털썩 쓰러져 바로 쿨쿨 잠이 들고 말았습니다.

그리고 6일 째 되는 날 밤이었습니다. 금성음악단 단원들은 모두 상기된 표정으로 각자 악기를 들고 줄줄이 공회당 무대에서 홀 뒤편에 있는 대기실로 돌아왔습니다. 성공적으로 제6번 교향곡을 마쳤던 것입니다. 홀에서는 우레와 같은 박수 소리가 여전히 태풍처럼 울리고 있습니다. 악장은 주머니에 손을 찔러 넣은 채 박수 따위는 신경 쓰지 않는다는 듯 느릿느릿 단원들 사이를 걸어 다녔지만 사실은 아주 기분이 좋았습니다. 대원들은 입에 담배를 물기도 하고 악기를 케이스에 넣기도 했습니다.

홀은 여전히 요란한 박수 소리로 가득 차 있었습니다. 더구나 그 소리가 점점 커져 도저히 가라앉을 것 같지가 않았습니다. 크고 하얀 리본을 가슴에 단 사회자가 들어왔습니다.

"앙코르를 외치는데 뭐 짧은 곡이라도 들려주면 어떨까요?"

그러자 악장이 진지한 표정으로 말했습니다.

"글쎄요. 이런 큰 무대에 누굴 내보내야 할지….."

"그럼 단장님이 나가서 잠깐 인사라도 해 주세요."

"그건 좀 곤란하고…. 어이 고슈 군, 자네가 나가서 뭐라도 하고 오게."

"제가요?"

고슈는 어안이 벙벙했습니다.

"그래, 자네가 좋겠군."

1번 바이올린 연주자가 갑자기 얼굴을 들며 말했습니다.

"자, 나가도록 하게."

악장이 말했습니다. 대원들은 고슈에게 첼로를 억지로 떠안기며 문을 열고는 무대로 밀어냈습니다. 고슈가 그 구멍이 나 있는 첼로를 들고 실로 난감한 표정으로 무대로 나가자 관중들은 한층 더 크게 박수를 쳤습니다. 함성을 지르는 사람도 있는 것 같았습니다.

'나에게 망신을 주기로 작정을 했군. 좋아 두고 봐. 인도의 호랑이 사냥을 켜겠어.'

고슈는 아주 침착하게 무대 한가운데로 나갔습니다.

그리고 고양이가 왔을 때처럼, 마치 화가 난 코끼리 같은 기세로 인도의 호랑이 사냥을 연주했습니다. 그러자 청중들은 쥐 죽은 듯 열심히 들었습니다. 고슈는 기잉기잉 격정적으로 첼로를 켰습니다. 불쌍하게도 고양이에게 번쩍번쩍 불똥이 떨어지게 했던 부분도, 문에 몸을 몇 번이나 부딪히게 했던 부분도 지나갔습니다.

곡이 끝나자 고슈는 관중석은 거들떠보지도 않고 마치 그때의 고양이처럼 잽싸게 첼로를 가지고 대기실로 도망쳐 왔습니다. 그러자 대기실에서는 악장을 비롯해 동료들이 한차례 불이라도 휩쓸고 지나간 후처럼 고슈를 뚫어지게 쳐다보며 넋이 빠져 앉아 있었습니다. 고슈는 될 대로 되라는 심정으로 동료들 사이를 빠른 걸음으로 지나 구석에 있는 의자로 가 다리를 꼬고 털썩 앉았습니다. 그러자 동료들이 일제히 얼굴을 돌려 고슈를 바라보았습니다. 여전히 진지한 모습으로 딱히 비웃는 것 같지도 않았습니다.

'오늘 밤은 참 이상하군!' 고슈는 생각했습니다.

그때 악장이 일어나서 말했습니다.

"고슈 군, 훌륭했어. 좀 이상한 곡이었지만 여기 있는 우리 모두는 아주 진지하게 들었네. 일주일, 열흘 사이에 실력이 그렇게 늘다니, 열흘 전과 비교하면 갓난아기와 장병의 차이라고나 할까! 하려고 마음만 먹으면 얼마든지 잘할 수 있다는 걸 보여 주었네. 수고했어."

"정말 잘했어."

동료들도 모두 일어나 고슈에게 다가와서 말했습니다.

"몸이 건강하니까 그런 것도 할 수 있는 거야. 웬만한 사람 같으면 까무러치고 말걸!"

앞쪽에 있던 악장이 말했습니다.

그날 밤 늦게 고슈는 자기 집으로 돌아왔습니다.

그리고 또 물을 벌컥벌컥 마셨습니다. 창문을 열고 언젠가 뻐꾸기가 날아간 먼 하늘을 바라보면서 말했습니다.

"뻐꾹아. 그땐 정말 미안했어. 난 화를 냈던 게 아니야."

고양이 사무소

김미숙 역

어느 작은 관청에서 일어난 이야기

경편철도 역사(驛舍) 가까이에 고양이 제6사무소가 있었습니다. 이곳은 주로 고양이의 역사와 지리를 조사하는 곳이었습니다.

서기는 모두 광택이 나는 검은색 짧은 공단 옷을 입었고, 게다가 모두에게 크게 존경을 받았기 때문에 어떤 연유로 서기를 그만두는 이가 있기라도 하면 인근의 젊은 고양이들은 누구나 그 후임으로 들어가고 싶어 안달이었습니다.

하지만 이 사무소의 서기는 항상 단 네 명으로 정해져 있기 때문에 많은 고양이들 중에서 가장 글을 잘 쓰고 시를 잘 짓는 이가 뽑혔습니다.

사무장은 덩치가 큰 검은 고양이로 늙어서 판단은 흐렸지만 눈만큼은 정말 살아 있어서 눈동자에 구리줄이 여러 겹 겹쳐진 것처럼 빛이 났습니다.

사무장 아래의 부하들로는

제1서기장 흰 고양이,

제2서기장 얼룩 고양이,

제3서기장 삼색 고양이,

제4서기장 부뚜막 고양이가 있었습니다.

부뚜막 고양이란 선천적인 것이 아닙니다. 태어날 때부터 그런 것이 아니라 밤에 부뚜막 속에 들어가 잠을 자는 버릇 때문에 항상 몸이 그을음으로 더러웠고, 특히 코와 귀에는 새카맣게 검댕이 묻어 어쩐지 너구리처럼 보이는 고양이를 말하는 것입니다.

그래서 부뚜막 고양이는 다른 고양이들에게 환대를 받지 못했습니다.

따라서 이 사무소에서는, 사실 이 부뚜막 고양이도 여느 때 같으면 아무리 성적이 뛰어나도 도저히 서기가 될 수 없었을 테지만 사무장이 망령이 든 검은 고양이였기 때문에 40마리 중에서 뽑힐 수 있었던 것입니다.

넓은 사무소 한가운데 사무장인 검은 고양이가 빨간색 모직 보를 씌운 테이블에 무게를 잡고 앉아 있고, 그 오른쪽에 1번 서기 흰 고양이와 3번 서기 삼색 고양이가, 왼쪽에 2번 서기 얼룩 고양이와 4번 서기 부뚜막 고양이가 각각 작은 테이블을 앞에 두고 반듯하게 앉아 있었습니다.

고양이에게 지리나 역사를 알려 준다는 것은 바로 이런 식입니다.

사무소 문을 똑똑 두드리는 이가 있습니다.

"들어와."

사무장인 검은 고양이가 주머니에 손을 넣고 몸을 뒤로 젖히며 소리칩니다.

네 서기는 아래를 보며 바쁜 듯이 장부를 들여다보고 있습니다.

한껏 치장한 고양이 한 마리가 들어옵니다.

"무슨 용무로 왔어?"

사무장이 말합니다.

"난 빙하 쥐를 잡아먹으러 베링해 지역으로 가고 싶은데 어디로 가면 가장 좋을까요?"

"어이, 1번 서기. 빙하 쥐 산지를 알려 줘."

1번 서기는 파란색 표지의 큰 장부를 펼쳐서 대답합니다.

"우스테라고메나와 노바스카이야, 그리고 후사강 유역이 있습니다."

사무장은 한껏 꾸민 고양이에게 말합니다.

"우스테라고메나, 노바… 뭐라고 했지?"

"노바스카이야입니다."

1번 서기와 한껏 꾸민 고양이가 동시에 대답합니다.

"그래, 노바스카이야, 그리고 또 뭐랬지?"

"후사강."

또 한껏 꾸민 고양이가 1번 서기와 함께 말했기 때문에 사무장은 조금 멋쩍기도 하고 기분도 상했습니다.

"그래, 후사강. 뭐 거기가 좋겠군."

"그럼, 여행에 있어서 주의할 점은 뭐가 있나요?"

"음, 2번 서기, 베링해 여행 시 주의 사항을 말해 주게."

"네."

2번 서기는 자신의 장부를 넘깁니다.

"그곳은 여름에 여행하기엔 적합하지 않습니다."

그러자 그때 어찌된 일인지 모두가 부뚜막 고양이를 물끄러미 바라보았습니다.

"겨울에도 세심한 주의가 필요합니다. 하코다테 부근에서 말고기로 오해받아 붙잡힐 위험도 있고, 특히 검은 고양이는 자신이 고양이라는 사실을 분명하게 표시하고 다녀야

합니다. 그러지 않으면 가끔 검은 여우로 착각해 정말로 추적을 당할 수도 있습니다."

"좋아, 지금 말한 그대로다. 귀하는 나와 같은 검은 고양이는 아니니 뭐 크게 걱정할 일은 없겠지만 하코다테에서는 말고기로 오해받지 않도록 주의하는 게 좋겠군."

"저, 그럼 그곳의 유력자는 누가 있나요?"

"3번 서기, 베링해 지역의 유력자 이름을 열거해 봐."

"네, 에…. 그러니까, 베링해 지역이라. 네, 도바스키와 겐조스키가 있습니다."

"도바스키와 겐조스키는 어떤 이들인가요?"

"4번 서기, 도바스키와 겐조스키에 대해서 대략적으로 말해 봐."

"네."

4번 서기인 부뚜막 고양이는 벌써 두꺼운 장부의 도바스키와 겐조스키 페이지에 짧은 손을 하나씩 넣고 기다리고 있었습니다. 그래서 사무장도 한껏 멋을 낸 고양이도 몹시 감탄하는 눈치였습니다.

그러나 다른 세 서기는 몹시 아니꼽다는 듯 곁눈질로 쳐다보며 한쪽 입꼬리를 치켜올렸습니다. 부뚜막 고양이는 열심히 장부를 읽어 내려갔습니다.

"도바스키 추장. 덕망 있음. 눈빛이 형형하나 말하는 게 조금 느림. 겐조스키 재산가. 말은 조금 느리지만 눈빛이 날카로움."

"네, 잘 알겠습니다. 감사합니다."

한껏 멋을 부린 고양이는 사무소를 나갑니다.

이런 식으로 고양이들에게는 뭐 그런대로 편리한 곳이었습니다. 그러나 지금 이 이야기가 있은 지 약 반 년 정도 지나 결국 이 제6사무소는 문을 닫고 말았습니다. 그 이유는 여러분도 벌써 눈치를 채셨겠지만 4번 서기 부뚜막 고양이는 상사인 세 서기에게 몹시 미움을 받았고, 특히 3번 서기 삼색 고양이는 이 부뚜막 고양이의 일을 자신이 해 보고 싶어 안달을 했습니다. 부뚜막 고양이는 어떻게 해서든 모두와 잘 지내기 위해 많은 노력을 기울였지만 결국 다 소용없었습니다.

예를 들면, 어느 날 옆에 앉은 얼룩 고양이가 점심 도시락을 책상 위로 꺼내 놓고 먹으려던 순간 갑자기 하품이 났습니다.

그래서 얼룩 고양이는 짧은 양손을 위로 뻗으며 한껏 하품을 했습니다. 이것은 고양이들 사이에서는 윗사람에 대한 무례한 행동도 무엇도 아닙니다. 사람으로 치면 수염을 꼬는 정도의 행동이라 그것은 아무래도 상관이 없었습니다. 문제는 양 다리를 뻗디디고 서서 하품을 했기 때문에 테이블이 조금 기울어지면서 도시락이 줄줄 흘러내리더니 결국 쿵하고 사무장 앞의 바닥으로 떨어지고 만 것입니다. 도시락은 찌그러지긴 했지만 알루미늄으로 만들었기 때문에 튼튼해서 깨지지는 않았습니다. 얼룩 고양이는 급하게 하던 하품을 멈추고 책상 위로 팔을 뻗어 그것을 잡으려고 했습니다. 그러나 겨우 손이 닿을락 말락 할 뿐 도시락은 이리 갔다 저리 갔다, 좀처럼 잡히지 않았습니다.

"이봐, 소용없네. 닿지 않는 걸."

사무장인 검은 고양이가 우물우물 빵을 먹으면서 웃으며 말했습니다. 그때 4번 서기인 부뚜막 고양이도 마침 도시락 뚜껑을 열다가 그것을 보고는 잽싸게 일어나 도시락을 주워 얼룩 고양이에게 건네주었습니다. 그러자 얼룩 고양이는 갑자기 몹시 화를 내며 부뚜막 고양이가 애써 내민 도시락도 받지 않고 뒷짐을 진 채 마구 몸을 흔들면서 소리 질렀습니다.

"뭐야. 자네는 내게 이 도시락을 먹으라는 겐가? 책상에서 바닥으로 떨어진 도시락을 자네는 나보고 먹으라는 거야?"

"아닙니다. 선배님이 주우려고 해서 주워 드린 것뿐입니다."

"내가 언제 주우려고 했다는 거야. 응? 나는 단지 그것이 사무장님 앞에 떨어진 게 죄송해서 내 책상 밑으로 밀어 넣으려고 했던 것뿐이라고."

"그렇습니까? 전 또, 도시락이 이리저리 움직이길래…."

"아주 건방지군, 나랑 결투라도 하겠단 겐가?"

"자, 자. 그만들 두게."

사무장이 큰 소리로 외쳤습니다. 그것은 차마 싸움을 하도록 내버려 둘 수 없었기 때문에 어쩔 수 없이 끼어든 것이었습니다.

"자, 그만들 하게. 부뚜막 고양이도 자네에게 먹으라고 주워 준 건 아닐 거야. 그리고 오늘 아침에 말했어야 했는데 깜빡했네. 얼룩 고양이 월급이 오늘 부로 10전 올랐네."

처음에는 무서운 얼굴로 마지못해 머리를 숙이고 듣고 있던 얼룩 고양이는 사무장의 뒷말에 기분이 좋아져서 웃으며 말했습니다.

"잠시 소란을 피워 죄송합니다."

그러고는 옆에 있던 부뚜막 고양이를 노려보며 자리에 앉았습니다.

여러분 나는 부뚜막 고양이가 딱하고 가엾었습니다.

대엿새 지나 이와 아주 비슷한 일이 또 일어났습니다. 이런 일이 자주 일어나는 이유는 우선 고양이들의 매정한 성격 때문이고 다음은 고양이의 앞 발, 즉 손이 너무 짧기 때문입니다. 이번에는 맞은편의 3번 서기인 삼색 고양이가 일을 시작하기 전에 그의 만년필이 데굴데굴 굴러 결국 바닥에 떨어지고 말았습니다. 삼색 고양이는 바로 일어나면 될 것을 꾀를 부려 일전에 얼룩 고양이가 했던 것처럼 잽싸게 양팔을 책상 너머로 뻗어 그것을 주우려고 했습니다. 그러나 이번에도 역시나 닿지 않았습니다. 삼색 고양이는 특히 키가 작아서 점점 책상 위로 올라가는 꼴이 되었고, 결국 발이 의자에서 들려 올라가 대롱거렸습니다. 부뚜막 고양이는 주워 줄까 말까, 얼마 전의 일도 있고 해서 잠시 고민하며 눈을 껌벅거리다가 결국 보다 못해 자리에서 일어났습니다.

마침 그때 삼색 고양이가 상체를 너무 앞으로 쑥 내밀고 있던 바람에 곤두박질쳐 머리를 세게 '쿵' 박으며 책상에서 떨어졌습니다. 그 소리가 굉장히 컸기 때문에 깜짝 놀란 검은 고양이 사무장은 벌떡 일어나 뒤 선반에 있던 고양이 각성제인 암모니아수 병을 잡았습니다. 삼색 고양이는 얼른 일어나 짜증을 내며 불쑥 소리를 질렀습니다.

"부뚜막 고양이, 자네 교묘하게 날 밀어 넘어뜨리는군."

이번에도 사무장이 바로 삼색 고양이를 구슬렸습니다.

"이봐, 삼색 고양이. 그건 자네 잘못이네. 부뚜막 고양이는 선의로 살짝 일어났을 뿐 자네에게 아무 짓도 하지 않았네. 이런 일로 쓸데없이 싸우지 말고. 자, 자, 여기 선던튼의 전출 신고서나 처리하게."

사무장은 바로 일을 시작했습니다. 삼색 고양이도 어쩔수 없이 일을 시작했지만 역시나 힐끔힐끔 무서운 눈으로 부뚜막 고양이를 노려보았습니다.

이런 식이어서 부뚜막 고양이는 정말이지 괴로웠습니다.

부뚜막 고양이는 평범한 고양이가 되기 위해 몇 번이나 창밖에서 잠을 청해 보았지만 아무래도 한밤중이 되면 추워서 재채기가 나오는 통에 도저히 잠을 잘 수 없었습니다. 그래서 어쩔 수 없이 부뚜막 안으로 들어가야 했습니다.

왜 그렇게 추위를 탈까 생각해 보면 가죽이 얇기 때문이고, 가죽이 얇은 것은 삼복더위에 태어났기 때문입니다. 역시나 내가 문제야, 이게 내 운명인 걸. 그렇게 생각하자 부뚜막 고양이의 눈에 눈물이 그렁그렁 맺혔습니다.

그러나 사무장님이 저렇게 친절하게 대해 주시고, 다른 부뚜막 고양이들이 내가 사무소에서 일하는 것을 명예스럽게 생각해 자기 일처럼 기뻐해 주니…. 아무리 힘들어도 그만두지 않을 거야, 반드시 이겨낼 거야. 부뚜막 고양이는 울면서 두 주먹을 불끈 쥐었습니다.

그러나 그런 사무장도 믿을 수가 없었습니다. 고양이라는 족속은 지혜로운 것 같으면서도 어리석은 존재이기 때문입니다. 어느 날, 부뚜막 고양이는 재수 없이 감기에 걸리고 말았습니다. 발목이 밥그릇처럼 부어올라 도저히 걸을 수 없었기 때문에 하는 수 없이 하루 쉬어야 했습니다. 부뚜막 고양이는 몹시 속상하고 불안해서 울고, 울고, 또 울었습니다. 헛간의 작은 창문으로 들어오는 따뜻한 햇살을 바라보며 하루 종일 눈물을 훔치며 울었습니다.

그동안 사무소는 이런 식이었습니다.

"오늘 부뚜막 고양이가 많이 늦군."

사무장이 일하다 말고 말했습니다.

"어디, 바닷가로 놀러라도 갔나?"

흰 고양이가 말했습니다.

"아니, 어디 연회에 불려 갔을 겁니다."

얼룩 고양이가 말했습니다.

"오늘 어디에서 연회가 있나?"

사무장은 깜짝 놀라 물었습니다. 고양이 연회에 자신을 부르지 않다니, 그럴 리가 없다고 생각한 것입니다.

"위쪽 마을에 개교식이 있다고 하던데요."

"그래?"

검은 고양이는 말없이 골똘히 생각에 잠겼습니다.

"그런데 요즘 부뚜막 고양이가 여기저기 불려 다니나 봐요. 다음엔 자기가 사무장이 될 것 같다고 떠들고 다닌데요.

그러니 바보 같은 녀석들이 무서워서 죄다 알랑거리며 아첨을 떠는 거죠."

"정말인가, 그 말이?"

삼색 고양이의 말에 검은 고양이가 소리를 질렀습니다.

"그렇고 말고요. 한번 알아보세요."

삼색 고양이가 입을 삐쭉 내밀며 말했습니다.

"상관없네. 그 녀석, 내가 요즘 눈여겨보고 있어. 좋아, 나에게도 다 생각이 있다고."

사무소는 잠시 찬물을 끼얹은 듯 정적에 싸였습니다.

그리고 다음날입니다.

부뚜막 고양이는 겨우 발의 붓기가 빠져 기쁜 마음으로, 쌩쌩 부는 바람 속을 헤치고 아침 일찍 사무소로 나왔습니다. 사무실에 오면 항상 제일 먼저 표지를 쓰다듬을 정도로 애지중지 다루던 장부가 자기 책상 위에 없고 맞은편 3등 서기관의 책상 위에 펼쳐져 있었습니다.

"아, 어제 몹시 바빴나 보군."

부뚜막 고양이는 어쩐지 가슴이 쿵쾅거려서 잠긴 목소리로 혼잣말을 했습니다.

"덜컹."

문이 열리며 삼색 고양이가 들어왔습니다.

"좋은 아침입니다."

부뚜막 고양이가 서서 인사를 했지만 삼색 고양이는 말없이 자리에 앉더니 아주 바쁘다는 듯 장부를 넘겼습니다.

"덜컹, 삐걱."

얼룩 고양이가 들어왔습니다.

"좋은 아침입니다."

부뚜막 고양이가 서서 인사를 했지만 얼룩 고양이는 거들떠보지도 않았습니다.

"좋은 아침입니다."

삼색 고양이가 인사했습니다.

"안녕, 바람이 굉장하군!"

얼룩 고양이도 바로 장부를 넘기기 시작했습니다.

"덜컹, 삐걱."

흰 고양이가 들어왔습니다.

"좋은 아침입니다."

얼룩 고양이와 삼색 고양이가 같이 인사를 했습니다.

"좋은 아침, 엄청난 바람이야."

흰 고양이도 바쁘다는 듯 바로 일을 시작했습니다. 그때 부뚜막 고양이는 기운 없이 선 채 말없이 꾸벅하고 인사를 했지만 흰 고양이는 전혀 모르는 체 했습니다.

"덜컹, 삐걱."

"휴, 바람이 대단한 걸!"

사무장인 검은 고양이가 들어왔습니다.

"안녕하세요."

세 고양이는 얼른 자리에서 일어나 인사를 했습니다. 부뚜막 고양이도 힘없이 일어나 아래를 내려다보며 고개를 꾸벅했습니다.

"마치 폭풍이라도 부는 것 같군."

검은 고양이는 부뚜막 고양이를 보지도 않고 그렇게 말하며 바로 일을 시작했습니다.

"자, 오늘은 어제에 이어서 안모니악 형제에 대해 조사해서 회답해 줘야지. 2번 서기, 안모니악 형제 중에 남극으로 간 건 누구였지?"

일이 시작되었습니다. 부뚜막 고양이는 말없이 고개를

떨구고 있었습니다. 장부가 없기 때문입니다. 그 말을 어떻게든 하고 싶었지만 도저히 아무 말도 나오지 않았습니다.

"팡, 폴라리스입니다."

얼룩 고양이가 대답했습니다.

"좋아, 팡 폴라리스에 대해 자세히 말해 봐."

검은 고양이가 말했습니다. 아아, 저것은 내 일인데…. 장부, 내 장부. 부뚜막 고양이는 금방이라도 눈물이 나올 것 같았습니다.

"팡 폴라리스, 남극 탐험을 마치고 돌아오던 중 얏프섬 앞바다에서 사망. 유해는 수장됨."

1번 서기인 흰 고양이가 부뚜막 고양이의 장부를 읽었습니다. 부뚜막 고양이는 너무도 슬퍼서 뺨 주위가 화끈거리고 경련이 일었지만 간신히 참으며 고개를 숙이고 있었습니다.

사무소 안은 점점 바빠져 열기로 가득찼고 일은 척척 진행되었습니다. 모두는 힐끔힐끔 부뚜막 고양이를 쳐다보기만 할 뿐 아무도 말을 걸지 않았습니다.

그리고 점심때가 되었습니다. 부뚜막 고양이는 가져온

도시락도 먹지 않고 가만히 무릎에 손을 놓고 고개를 숙이고 있었습니다.

점심때가 지나고 한 시부터 부뚜막 고양이는 훌쩍훌쩍 울기 시작했습니다. 그리고 저녁까지 세 시간 정도 울다가 그쳤다가 또 울기를 반복했습니다.

그래도 모두는 그런 건 전혀 아랑곳하지 않고 재미있게 일을 했습니다.

그때입니다. 고양이들은 알아차리지 못했지만 사무장 뒤편의 창문 너머로 위엄 있는 사자의 황금색 머리가 보였습니다.

사자는 의아하다는 듯이 잠시 안을 들여다보다가 갑자기 문을 두드리고 들어왔습니다. 정말이지, 고양이들의 놀란 모습이라니…. 고양이들은 당황하여 허둥지둥 주위를 돌아다닐 뿐이었습니다. 부뚜막 고양이만 울음을 그치고 똑바로 섰습니다.

사자가 큰 소리로 말했습니다.

"너희들 지금 뭐 하는 거냐. 그런 식으로 할 거면 지리도 역사도 필요 없다. 모두 그만 둬. 에잇, 해산을 명한다!"

이렇게 해서 사무소는 폐지되었습니다.

나는 어느 정도 사자의 판결이 옳다고 생각합니다.